ハヤカワ文庫 SF
〈SF2440〉

宇宙英雄ローダン・シリーズ〈711〉

時の目撃者

エルンスト・ヴルチェク
嶋田洋一訳

早川書房

9047

PERRY RHODAN

ZEITZEUGEN

DIE TAGE DER CANTARO

by

Ernst Vlcek

Translated by
Yooichi Shimada

First published 2024 in Japan by
HAYAKAWA PUBLISHING, INC.
This book is published in Japan by
arrangement with
HEINRICH BAUER VERLAG KG, HAMBURG, GERMANY
through JAPAN UNI AGENCY, INC., TOKYO.

目次

時の目撃者

時の目撃者

エルンスト・ヴルチェク

登場人物

ペリー・ローダン……………………銀河系船団最高指揮官
レジナルド・ブル（ブリー）………《シマロン》指揮官
グッキー………………………………ネズミ＝ビーバー
エイレーネ……………………………ローダンの娘
コヴァル・インガード………………惑星ブガクリスの〝蛮人〟
ベオドゥ………………………………アッタヴェンノク
イホ・トロト…………………………ハルト人
ステッペン……………………………ペルセウス監視テンダーの司令官
ヴァニティ・フェア（ヴァニ）……同探知センター要員
ガルブレイス・デイトン……………銀河戦争評議会のテラ代表

プロローグ

彼女はホロシミュレーターの助けを借りて歴史のコラージュをつくりだした。多数の直接記録と、すくなくともそれと等量の彼女自身の想像力と、コンピュータによる映像と音声からなる、〝そうだったかもしれない〟歴史書だ。

ヴァニはこうして〝夢〟をつくりあげた。

この〝夢〟の構成はこの時代では典型的なもので、とりたてて述べるほどのものではない。ただ、一方でこの〝夢〟はこの時代の女性としてはきわめて特異で、それに耳をかたむけるのはとても興味深いだろう。

なぜなら、この〝夢〟で語られている内容は、多くの分野の歴史書にはけっして見られないものの、起きていても不思議ではないことだからだ。

ヴァニの夢想はそれほど非現実的なものではないかもしれない。むしろ真実に肉薄しているのではないか。死んだとされている者たちは、じつはまだ生きているかもしれない。

歴史を捏造《ねつぞう》した本人をべつにして、だれにわかる？　だとしたら、ヴァニの〝夢〟を語る価値はあるだろう。

ヴァニはこの〝夢〟のなかに多くの時代と空想を押しこめた。それが真実にどれほど近いか、あるいはどれほど遠いかは、どうでもいいことだ。

＊

ヴァニは歴史を学んでいた。

この事実は〝夢〟そのものとは無関係だ。ほんとうの背景は、だれが歴史を語るのかという情報についてのみ重要なものになる。

彼女は熱心な歴史研究者で、既存のデータだけではなくあらゆる細部にまで分け入って、後世のためにどんな弁明がなされ、あるいはネガティヴに歪曲されたかを調べつくした。

ヴァニはそうした歴史の歪曲を指摘し、正しいと思うかたちに修正していった。

そんなヴァニはもういない。

死んだわけではない。いまも乗員名簿には名前が記載されている。

死んだのはヴァニではない。そう、彼女は生きているが、歴史の研究はもう彼女の課題ではなかった。彼女にとって、歴史は死んだのだ。

ヴァニは歴史を生きてきた。だが、その部分は死んでしまった。いまのヴァニは探知専門家だ。以前の専門は放棄している。

そんな決断にいたったのは、まじめな歴史記録はこの時代には不可能だと見切りをつけたからだった。あるのは自己正当化のスローガンと、そのなかで生きる者たちに背骨をあたえるのに必要な殉教者ばかりだ。

ヴァニは決定的な歴史の欺瞞《ぎまん》を暴《あば》いたと信じている。

数年前にその調査を実施し、研究の成果を公表しようとしたとき、最高権力から叱責され、公表を阻止されたのだ。もちろん非公式に。

状況は想像がつくだろう。権力側の人間というのは最初は優しく接触してきて、その後いきなり豹変してきびしい態度を見せ、それでもしたがわないと最後には権力をむきだしにしてくる……法の厳格な執行者となり、それでも屈しないと、極端な場合には処刑人になるのだ。

乗りこえられない壁を前にしてヴァニはあきらめた。歴史は歴史のままにして、〝夢〟をつくりはじめたのだ。それは現実がどうだったのかを……どうだったかもしれないかを記したものだった。

ヴァニと〝夢〟についてはこのくらいにしておく。
ここからは彼女の言葉に耳をかたむけよう。

1 べつの時間のなかで

まちがった時代に出てしまった。

この認識はかれらを打ちのめした。もっとも強靭《きょうじん》な者でさえ、なにが起きたのかひとことであらわすのはむずかしいと感じた。

どうしてこんなことになったんだ、とペリー・ローダンは自問した。せめてなにが起きたのかわかりさえすれば。真実は〝過去の柱〟という名前がしめしている……それがすべてだ……

〝過去の柱〟の呪縛によって《ハルタ》でパウラ星系のブラックホールにある事象の地平線をこえると、そこは無時間の虚無のなかだった。いわゆる〝ブラック・スターロード〟を通るさいの変異については、個人的にブラックホール・ステーションを使った経験のあるイホ・トロトから話は聞いていた。

そしてこの時代に出てきたのだ！

全員が《ハルタ》の比較的せまい司令室に集まり、こわばった表情で立っている。イホ・トロトだけは大型の成型シートにすわっていた。おちついたようすだが、なにかを深く考えこんでいる。

ハルト人はすでにブラック・スターロードでおよそ二百年を転移した経験があった。そのときも今回と同じ現象に遭遇したもの。その経験は無時間の待機状態中に説明してあった。

心の準備はできていたものの、時間をさかのぼっての転移はやはりショックだった。

惑星ブガクリスの〝蛮人〟、コヴァル・インガードは後方に立ったまま、目の前の床を見つめている。エイレーネの注意を引いていることにも気づいていない。

ネズミ＝ビーバーのグッキーとアッタヴェンノクのベオドゥは主制御パネルの左右によりかかり、答えを探すかのように計器を見つめていた。

レジナルド・ブルはハッチの前からかれらを見ている。なかに入るべきか引き返すべきか決めかねている訪問者のようだ。かれは視線をさまよわせ、ため息をついた。

ペリー・ローダンは胸の前で腕を組み、その姿はとほうに暮れた内心を反映していた。

「ほんとうは銀河系に行きたかったんだがな」ブルが沈黙を破った。だが、苦いユーモアにだれも反応しないので、渋い顔でこうつけくわえる。「ちょっと早すぎたようじゃないか」

「六百五十三年ほどね」エイレーネがひとりごとのようにつぶやいた。「それだけの年数をさかのぼってる」ブルのほうを見て、ウィンクしながらいう。「それでも四十二年たりないというべきだわ。それでやっとぴったりだから」

ブルは彼女にほほえみかけた。ローダンの娘が無気力から脱したのがうれしかった。

「どんな見方をしようと、面倒なことになったのはたしかだ」ローダンが低い声でいった。予期しない説明不能な事態から生じるさまざまな変数のことを考えるのだが、合理的な結論を出すことができないのだ。

唯一はっきりしているのは、かれらがNGZ四九〇年にいるということだった。銀河系のペルセウス宙域にあるブラックホールから数光分……太陽系からわずか六千三百五十光年のポジションに。これほど地球に近づいたことはない……そもそも銀河系内にすら。

かれらがスタートしたのは一一四三年、大マゼラン星雲のパウラ宙域にあるブラックホールからだった。ブリーの〝早すぎた〟という言葉もこのことを指している。ただ、一一四三年もかれらの属する年ではなかった。本来いるべき年は四四八年……だからエイレーネは四十二年たりないといったのだ。

「タラヴァトス、さすがにまちがいだろう」イホ・トロトが船載コンピュータに向かって大音声《だいおんじょう》を響かせた。

「計算が正しいことはわかっているはず」タラヴァトスが答える。「あなたから受領したこの銀河のデータにもとづいた計算ですから。いずれにせよ、わたしの計算システムはミスをおかしません」

イホ・トロトはなにもいわなかった。コンピュータがほんとうに計算をまちがえたと思っていたわけではない。かれの疑念は計画脳の困惑のあらわれだった。

「この時代にすでにクロノパルス壁が銀河系をおおってるかどうか、調べてみるとおもしろいんじゃない？」と、グッキー。

「それはこの位置からではわかりません」自分に向かっていわれたと解釈した船載コンピュータが答えた。「クロノパルス壁は異物体がその範囲に入らないと作動しません。実験してみるのはやめたほうがいいでしょう」

「ただの思考実験だよ」グッキーはコンピュータの差し出口に不満そうな声で応じると、ローダンに向きなおった。「でも、銀河系をかこむ障壁はこの時代、まだないって考えてみようよ。形成してる途中だって。そうすると、それをつくった理由がわかるかもしんない」

「先走りすぎだ」ローダンがそういうと、グッキーは顔をしかめた。「その前に考えるべきことが……」

ローダンはいおうとしたことをのみこむように黙りこんだ。

「それはとてもいい考えだと思う」以前は超越知性体エスタルトゥに庇護された夢想者

だった、アッタヴェンノクのベオドゥがいった。「現状をよりよく評価するため、その種の情報を集めるべきだというグッキーは正しい」

ベオドゥは頭翼の両端の有柄眼をグッキーのほうに向けて同意をもとめた。

「あんがと、ベオドゥ。でも、偉大な知性を持ちながらからだのちいさい者の言葉にだれが耳を貸すかな？」

この言葉にイホ・トロトがいきなり大笑いし、その音量で中程度の嵐が巻き起こった。それでも緊張した雰囲気がやわらぐことはなかった。なぜなら、その瞬間、《ハルタ》の七名をあらたな衝撃が襲ったからだ。

「未知飛翔体が実体化しました」船載コンピュータがそういい、探知機を作動させた。

「飛翔体？」イホ・トロトがいい、すぐにこう要求した。「わかるデータをすべて表示しろ」

*

時はNGZ四九〇年……かれらの属する年ではない。

スタートしたのはNGZ一一四三年で……これも本来いるはずの年ではなかった。

これはほぼ全員に当てはまる。例外はコヴァル・インガードだけだ。かれは崩壊する《バジス》からサンドラ・ブゲアクリスの指揮で脱出し、ハンガイ銀河にある嵐の惑星に漂着した者たちの子孫だった。多くの世代を重ねているため、巨大なカタストロフィさなかのNGZ四四八年に起きたことは、かれにとっては伝説にすぎなかった。

状況を困難にしているのは、種族の母祖《ぼそ》と同時代に生きた者たちとつき合わなくてはならないという点だった。蛮人状態から、いきなり高度技術と宇宙航行の時代に投げこまれたのだ。だが、生来の単純な性格と独創性とエイレーネの支援のおかげで、奇妙な世界に足を踏み入れても大きな問題は起きなかった。理解できないことは質問し、それでも理解できなければ、とりあえず思い悩むのをやめればいい。

きょうは心が疲れてしまったと思ったら、あす質問すればいい。これはかれの種族、ブガクリスの〝テラの子供たち〟でよくいわれる格言だ。おかげでコヴァルはあらたな友たちのあいだでもうまくやれていた。

ただ、ひとつだけ対処できない問題があった。かれがエイレーネに使ったいい方をするなら、〝時間の入れ子構造〟だ。エイレーネやその父親やほかの者たちの時間跳躍については、深く考えたりはしない。だが、自分がまだ生まれていない時代にいるというのはかれの理解を超えていた。だから黙りこんで、すっかり内向的になっているのだ。エイレーネが心配そうな目を向けたことにも気づいていない。

「コヴァル……コヴァル！」顔をあげると、正面から彼女の目をのぞきこむことになった。「これは世界の終わりじゃない。新しい時代には新しい冒険があるわ」

かれは一瞬われに返っていった。「真の冒険は故郷にしかない。ここは異郷だ」

かれはうなずいたが、正確にはすこし違っていた。だが、どういえばいい？　彼女は理解しようとしてくれるが、ほんとうの感情をどう説明できる？

「この時代がってこと……」

「ホームシックなのね」エイレーネがかんたんにいう。

かれはそれを無視した。周囲がざわついているのに気づき、話をそらす。

「なにがあったんだ？」

「未知飛翔体が近づいてきてるの」エイレーネがおちついて答える。

「敵か？」

彼女は微笑した。

「ここはわたしたちの故郷で……あなたの故郷でもある。ここに敵はいないわ」声にはすこし不安そうな響きがあったものの、顔には自信に満ちた表情が浮かんでいた。「すぐになにもかもはっきりするはず」

「なにも見逃したくない」コヴァルはこの出来ごとで気が紛れたことに感謝した。「すべてを見て、理解したい」

司令コンソールの上でホロが文字どおり爆発し、仕切りさえ無視して3D映像を展開した。

コヴァルはプロジェクションを見つめた。《ハルタ》を中心に、直径数光分の周辺宙域のようすが表示されている。ブラックホールの降着円盤もその範囲内だ。表示範囲内にほかの天体は見あたらなかった。ただ、八つの光点がべつべつの方向から、中心である《ハルタ》に接近してくるのがわかった。

それが未知飛翔体で、そのために船載コンピュータが警報を発したのだろう。

「一飛翔体の拡大映像を見せてくれ、タラヴァトス」ローダンがいった。

表示されているコードはコヴァルにとってなんの意味もないが、かれがそれを解読する必要はなかった。ペリー・ローダンたちが会話のなかで説明してくれるだろうから。

＊

ホロ表示がハチの巣状に分割され、巣穴のひとつが拡大して全体の八分の一を占めるくらいまでひろがった。そのなかに細長いプラットフォームが見える。船載コンピュータの測定データによると、長さ千メートルに対して幅は二百メートルしかない。両端は二叉のフォーク状で、中央に四つの円柱形の、塔のような上部構造物があった。四角形をなすように配置され、プラットフォームの上下にそれぞれ百メートルほどのびている。この四本の塔のあいだにそれ以外の複雑な上部構造物がひしめいていた。本体の材質は艶がなく、色はくすんだグレイだ。

ローダンはプラットフォームを柱のように貫く四本のシリンダーをじっくりと眺め、それぞれの先端に連結器があるのを見てとった。監視部隊の八隻が上下に連結して一体になれることをしめしている。

「かなりの脅威に見えるね」と、グッキー。「上部構造物は砲塔みたいだ。砲はぜんぶこっちを向いてる。妙ちきりんな戦闘艦だな」

「あれは宇宙船ではない」イホ・トロトが大音声でいった。「監視プラットフォームだろう。長距離超光速エンジンさえ積んでいないようだ。いずれにせよ、メタグラヴ技術は使っていない。転移中の構造振動で探知できた。《ハルタ》がブラックホールから出てきた直後のことだ。明らかにわれわれの出現で警報が出て、あの監視ステーションがやってきたということ」

「わたしのランダム・システムによる計算結果もそう結論しています」と、船載コンピュータ。「あれが長距離宇宙船である可能性は実質的に排除できます」

ローダンは距離情報に目を向けた。《ハルタ》はブラックホールから四千五百万キロメートルほどの位置で通常空間に突入し、その後は数百万キロメートルしか移動していない。ペルセウス・ブラックホールの質量はソルの四十五倍程度で、事象の地平線も百三十キロメートル強と比較的ちいさいため、重力に捕まる危険はなかった。

一方、八基の飛翔体までの距離はわずか五百万キロメートルで、しかも急速に縮まっている。最初の出現ポジションは一千万キロメートルはなれていて、すべてブラックホールとは反対側だった。監視要塞の人員はペルセウス・ブラックホールを大いに尊重しているらしい。また同時に、仮想敵の、つまり《ハルタ》の逃走ルートをふさぐ意図もあるのだろう。

「宇宙船であろうとなかろうと、あの飛翔体はわれわれが知っているどんなものにも似ていない」ブルが指摘した。「銀河系の種族がつくったものではないんだろう」

「四十二年あればいろんなことが起きるさ」と、グッキー。

ブルが片手を振ってネズミ＝ビーバーの異論を退けようとしたとき、エイレーネが声をあげた。

「あれを見て。前方の上部構造物に文字が見える！　そのまま読めるわ。《ペルセウスⅢ》って……テラの文字で。ペルセウス宙域の警備部隊にまちがいない。あれはテラのものよ！」

「やはり気にいらないな」ローダンがいった。「根本的な不安を共有しておきたい……まだ時間があるうちに」

「通信で呼びかけてみちゃどうです」ブルがローダンの不安を顧慮せずにいう。「あとはおのずと明らかになるでしょう」

「対象との距離はわずか三百万キロメートルです」タラヴァトスが報告した。本来はメートル法を使うようにプログラミングされていないが、ネットウォーカーとの交流ですでに慣れ親しんでいる。イホ・トロトの不在中にローダンが乗りこんだあとはその使用を継続していた。「すべて本船から等距離をとり、正確な編隊飛行をしています」

「戦闘隊形だ」ブルがいい、意味ありげにローダンを見た。「攻撃がはじまる前に身元を明かしましょう」

「テラナーは理由もなく攻撃したりしない」コヴァルが背後からいった。

もちろん、これは皮肉のつもりではなかった。たんに場をおさめたかっただけだ。だが、かれの意図は完全に裏目に出た。

「なんでそう頑固なんです、ペリー」と、ブル。「どうして身元を明かしちゃいけないんで？　この四十二年のあいだになにがあって、どんな変化が起きたにせよ、相手は人類です。われわれの同族ですよ」

「レジナルドのいうとおりだ、ワキアン」ベオドゥもブルに同調した。「頑固に沈黙を貫けば状況はいちばん悪くなる。かれらはきみの兄弟、同じ人類という種の一員だろう。自分もそうだと明らかにすればいい」

「ローダノスを追い詰めるな」トロトがいった。「かれの不安はよくわかる。わかりやすく説明してはどうだ、ローダノス」

「根本的な問題があるのだ」ローダンはひとりひとりに目を向けて話しはじめ、ホロを指さした。「かれらがテラナーかそうでないかは、じつのところ問題ではない。唯一の問題は、われわれがこの時代に存在してはならないという点だ。四十二年のあいだどこにいたのか説明しなくてはならなくなる」

「六百九十五年のあいだだね」エイレーネがいい、父親の視線を受けてすぐに唇を噛んだ。弱々しくつけくわえる。「たしかに、いい考えとは思えない」

「まさにそれが問題なのだ」と、ローダン。「四十二年間なにをしていたのか、説得力のある説明を考えなくてはならない。だが、実際には六百九十五年先の未来から来たことは絶対に明かせない。それだけはだめだ……だれが相手であっても」

「問題は、われわれがその重圧に耐えられるかどうかだ」イホ・トロトが付言する。

「通信です」船載コンピュータが報告した。「一監視ステーションから誰何《すいか》されています」

ローダンが振り返り、イホ・トロトは大声で叫んだ。

「なぜ通信をそのまま聞かせない、タラヴァトス！」

「未知言語による通信だからです」コンピュータはそう答え、同時に受信した通信を再生した。

荒々しい喉音がスピーカーから流れた。ぶつ切りの吠え声の合間に短く甲高《かんだか》い声が混じっている。

「なんと……」ブルがいいかけた瞬間、タラヴァトスが警報を響かせた。奇妙な音声も途絶える。

　ホロがまばゆい光を放ち、内爆するように崩壊した。同時に船載コンピュータが甲高い笛のような音を発し、一連の映像信号で一時的にブロックされて反応できなくなることをしめした。

　やがてまた電子音が響き、タラヴァトスが報告した。

「攻撃されています！　八基の監視ステーションが同時に発砲しました。防御バリアを最大出力で展開しました」

「テラナーは先に手を出したりしない」ローダンはそういってから、コヴァルの言葉を思い出した。

「テラナーのはずがないわ」エイレーネが震えながらいう。「さっきの言語。あれは……人間じゃ……」

　ローダンは背筋をのばした。

「よし、迅速に行動する必要がある。《ハルタ》の防御バリアが崩壊するのは時間の問題だ。それまでに状況を整理しなくてはならない」

「なにを整理するんだ？」と、ベオドゥ。

「記憶だよ、わが友」ローダンが答えた。「われわれ全員の記憶だ。いったん忘れて、再構成しないと」

アッタヴェンノクはわけがわからないというように頭翼の目でかれを見ている。

ローダンは説明するのではなく、話題を変えて命令した。

「全員、防護服を着用しろ。個人用に調整されていなくても、緊急時には役にたつはず。いまはまさに緊急時だ」

2　幕間《まくあい》I　敵艦見ゆ！

NGZ四九〇年三月二日　船内時間一四時二四分

警報！

深い眠りからさめた瞬間は自分がどこにいるのかわからなくなるもの。感覚は混乱し、実際の印象を無秩序な順序でチェックしたりする。ヴァニはまず日付と時刻を確認し、そのあとようやく警報に気づいたが、なぜそうなったのかはほかに説明のしようがなかった。警報で目がさめたのはまちがいない。充分な睡眠がとれるはずだったのに、二十四時間勤務のあと三時間しか眠れなかった。

当然、彼女は疲れきっていた。

「人使いが荒いんだから！」ぶつぶついいながら賦活剤を肘の内側に注射し、コンビネーションを手にとる。手を二度動かしてファスナーを閉じ、左手の手櫛で赤毛の髪を梳《す》いた。クロスベルトをつかみ、自動で開いたキャビンのハッチを抜けて通廊に出る。

通廊にはすでにかなりの人数が出てきていた。眠そうな男女が悪態をつきながら急ぎ足でキャビンをあとにして反重力シャフトや転送ステーションに向かい、走りながら衣服をととのえている。ヴァニは肩ごしにクロスベルトを背中に投げ、磁気ファスナーを前で閉じて背後に手をまわした。その手が毛深い手に触れる。振り向くまでもなくバロルだとわかった。サルのように毛深く、吟遊詩人のようにロマンティックな男だ。

「これでベルトは定位置だ」深く男性的な声がいった。喧噪《けんそう》を圧するような大声だが、その言葉はまるで愛の歌のように響く。それがバロルなのだ。ヴァニになにをいおうと、いつも愛の歌のように聞こえる。「心安らかに報告に行ける。おかしなところはなにもない」

「触られるのはいやだっていってるでしょ」彼女はぴしゃりといいかえした。「あなたがわたしの服をなおそうとするのは、視線で服を脱がせようとするのと同じことなの」

バロルは赤面した。かれが不作法なことをするたび、何度もくり返してきたことだ。

最初の交差点でべつべつの通廊に進むことになり、ヴァニはほっとした。かれは砲手なので、Ａリフトで乗員区画の上の持ち場に行く。彼女は転送機を使って五百メートル先の探知センターに行かなくてはならない。

「どうせまた訓練だと思ってるのか？」かれは最後にそういって向きを変えた。

そんなふうに考えるのはバロルだけだ。ヴァニが監視テンダーの勤務に就いてから緊急事態は一度も起きていない。ジョークとしてもできが悪かった。髭《ひげ》まで生《は》やしてそんなジョークがいえるのもバロルだけだ。悪人ではないが、あまりにもナイーヴで退屈だった。どうしてほんものの男が声をかけてこないんだろう！

ヴァニは三十八歳になる。銀河評議会が銀河〝戦争評議会〟と改称された年の生まれだ。〝防衛評議会〟という名称は銀河評議会に集まった各種族代表者たちの脳裏に浮かびもしなかった。四年めにしてすでに〝百年戦争〟と呼ばれていた戦争のさなかに、蔓延する悲観主義からの命名だった……それはもう四十二年になり、戦闘は当面おさまっている。だが、この平和が一時的なものであることを疑わないギャラクティカーはいなかった。

それでもヴァニはこんどもただの訓練だと思っていた。

ヴァニは孤児だった。両親はエルミンドルⅣの虐殺で命を落とした。母親がハウリ人の強襲の犠牲になったとき、ヴァニはまだ目も開いていなかった。幸運な偶然で、多数の犠牲者の血まみれの肉塊のあいだの血まみれのつつみが新生児であることに、到着した救援部隊が気づいたのだ……ヴァニが声ひとつ立てていなかったにもかかわらず。

エルミンドルの孤児院で発見当時のくわしい状況を教えられた。発見したのはほんとうに職務に忠実な隊員だったにちがいない。かれは報告書にこう記載していた。〝新生児は黙ってしずかに横たわっていた。まるで本能的に、生まれてはじめて出す声を恐ろ

しいハウリ人に聞かれたら、それが最後の声になるとわかっているかのように〃

ただ、彼女が生きていられたのが母親の鉄の意志のおかげだというのもたしかだろう。娘の命をつなぐため、死の瞬間に力を振り絞り、最後の生命力を注《つ》ぎこんだのだ。自然は古い命が新しい命に道を譲ることを、これ以上明確にしめせるだろうか?

当てこすりはだめよ、ヴァニ。彼女は自分にそういいきかせた。現実には、あなたはなんの精神的ダメージも負っていない。強烈な個性が誕生時の経験の過剰補償だというのでないかぎり。

あなたはごくふつうで平均的よ。人はだれでもトラウマやコンプレックスをかかえていて、それを独自の個性に反映させてる。その意味では〃ふつうの〃人なんていないし……同様に、理想の人間なんてものもいない。

ヴァニはとてもうぬぼれの強い子供だったそうだ。だから養母は彼女をヴァニティと名づけた。古いテラの言語で〃虚栄心〃を意味すると聞かされている。それだけに、悪い意味をまったく感じさせない〃ヴァニ〃という愛称はとても気にいっている。

エルミンドルの孤児院では充分な教育を受け、歴史を学びたいと思うようになると、専門的な訓練も受けることができた。彼女は特別な業績をあげ、養母は〃ヴァニティ〃がテラで学ぶための奨学金を得られるようはからってくれた。

ただ、結局これはいい結果を生まなかったといえるかもしれない。テラ滞在中に起きた出来ごとのせいで、歴史研究をあきらめることになったのだから。

歴史の授業の最初のころ、すべてをスポンジのように吸収したことはよくおぼえている。

ＮＧＺ四四八年になって……ハンガイ銀河の最後のクオーターがタルカン宇宙から通常宇宙に転移してきた。時空構造が根底から揺らぎ、つづく七度の大波、ハイパーショック震動は局部銀河群全体を揺るがした。

情報が間欠泉のように彼女の頭のなかに噴き出してくる……

四四八年の末になって、銀河系外で未知飛翔体の目撃情報がもたらされた。その頻度は年が明けるとさらに増大した。

やがて銀河系内で最初の強襲が起きた。ハウリ人が単艦または艦隊でハンガイ銀河方面から来襲し、盲目的な破壊衝動のままに、途上にあるすべてを破壊していくのだ。これが百年戦争のはじまりだった。ハウリ人が引き金を引き、すぐに局部銀河群のあらゆる銀河と種族に拡大していった。

ヴァニを歴史に耽溺《たんでき》させたのはセンセーショナルな欲望ではなかった。最初はただ無意識のうちに、それが自分の運命に関わることだと感じただけだ。

四五二年になると……シガ星人の故郷惑星シガのあるグラドル星系宙域がハウリ艦隊に襲われた。艦隊は撃退され敗走したが、入植世界エルミンドル近傍で再集結し、無防備な入植者を襲撃した。ギャラクティカム艦隊に追いはらわれるまでに、ハウリ人は恐ろしい流血沙汰を引き起こした。〝エルミンドルの奇蹟〟とは、母親がとっくに事切れてから生まれた赤ん坊のことだった。

新年初日には巨大な宇宙的カタストロフィの初期評価が可能になった。ヴァニの記憶にはいくつか節目となる日付が刻まれている。なかには書類上の日付にすぎないものもあるが。

そして《バジス》が失われた。テラナーの誇りであった巨大船はハウリ人に破壊されたと年鑑に記されている。銀河系船団の艦船も破壊された。帰還したペリー・ローダンや銀河系の首脳たち、レジナルド・ブルやアルコン人のアトランなども死亡した。

四五五年……Ｍ－１３球状星団でアルコン人が居住する惑星が未知勢力の炎に焼きつくされた。ハウリ人のしわざかと思われたが、酸素を使いつくすこの攻撃はもっと進歩した技術によるものと判明した。巨大な宇宙的カタストロフィのさいのハイパーショック・ウェーヴに誘引されて、〝平和の使者〟として局部銀河群にあらわれた異人が犯人だろうと推測された。

一世界を破壊した手段は〝電光〟と呼ばれた。一瞬で発生し、破壊的な光線が標的を雷のように、瞬時に消滅させるから。

このアルコン人世界は銀河系において、同様に文字どおり焼尽させられた、十数個の惑星のひとつでしかない。

そのデータはヴァニの頭にシントロニクスの記憶バンクから引き出したかのようにあらわれ、彼女の記憶のなかに格納された。

転送機に入る行列は急速に短くなり、ヴァニが探知センターに転送される番がきた。

彼女はすぐに持ち場につき、作業者リストに名前を登録した。

任務に集中する前に、最後にもうひとつ歴史的な出来ごとが閃光のように脳裏に浮かんだ。

五年前の四八五年、ハルタ宙域が領域封鎖を宣言した。ハルト人がみずから孤立することを望んだのだ。ギャラクティカーは四本腕のハルトの巨人の意志を尊重し、ハルタ宙域の銀河間航路を封鎖した。以来五年間、ハルト人の消息は伝わっていない……

*

「探知しました！」

あまりの急展開に意識がついていかなかった。

「未知飛翔体です」

まさか！　ヴァニは信じられなかった。では、訓練ではなかったのか。

「異宇宙船はペルセウス・ブラックホールから飛来しています。全戦闘ステーション、警報レベル1」

「戦闘ステーション、戦闘にそなえろ！」

「ペルセウスがBLじゃないなんて、だれが思う？」と、通信士。BLとは〝ブラインド・ホール〟の略だ。ペルセウス・ブラックホールは敵が使用していないと考えられていた。八基の監視ステーションはむだだったということ。

なんという失策だ！

ヴァニは実際の映像を表示させた。規則違反だが、好奇心からちょっとのぞき見るくらいは許されている……

異宇宙船は全長百二十メートル、高さは低いところで二十七メートル、球型搭載艇が突き出しているところでは三十八メートルあった。幅は二十五メートル。司令室は船体の端、搭載艇のうしろのふくらんだ部分で、搭載艇と同じ高さに突き出している。塗装はブラックホールのようにまっ黒な無煙炭の色だ。グラヴォ・エンジンを採用している。

「これまで登録されたことのないタイプね」と、ヴァニ。「カンタロ艦とは全然違う」

「それはどうかな」と、通信士。名前は思い出せなかった。「電光が既知のタイプの艦によるものだとは証明されてないが、やったのはカンタロだ」

「たしかに」彼女はそういい、胸の内でつけくわえた……〝あなたもわたしの夢の男じゃない。バロルのほうがましなくらい……どうして男のことなんか考えてるの……こんなときだっていうのに！〟。

八基の監視テンダーは接近してくる敵を〝皿形〟陣で迎え撃った。すり抜ける隙をあたえず、逃げるならブラックホール側に引き返すしかない。加速して超光速航行に遷移しようとしたら、即座に撃墜する。すでに射程内に入っているし、火器管制スタンドはどのみち、警報が鳴った時点から砲撃を準備していた。

「よし、連中にかたちだけのチャンスをやろう」ステッペン司令官がいった。「カンタロ語で身元の開示要請を送れ。十秒以内に回答がなければ攻撃開始だ」

「あら、これだから〝殴り屋ステッペン〟なんてあだ名なの？」ヴァニはジョークを口にしたが、メリッケだかメルニッケだかいう名前の通信士から返事はなかった。通信作業で忙しいらしい。いいかえれば、標準的な誰何の言葉をカンタロ語に自動変換する作業で。あの言語を人間が話したら舌がつってしまうだろう。

十秒の秒読みがはじまり、命令が発せられた。

「砲撃開始！」

そういうことになった。

何年ものあいだ訓練の警報を鳴らすだけで、やっとほんものの緊急事態が発生したというのに、〝殴り屋ステッペン〟は一斉砲撃ですぐにすべてを終わらせてしまう。

残念だと思わない？

3 故郷の異人

「防御バリアは砲撃にどれくらい耐えられる？」全員がセラン防護服を着用すると、ペリー・ローダンがたずねた。

「火力に変化がなければ半時間ほどです」船載コンピュータが答える。「ただ、敵が威力をあげてくる可能性があります。また防御バリアの能力は対象の兵器によって異なります。別種の兵器で攻撃された場合、正確な分析には構造亀裂を通じた検証が必要です」

「うまく回避機動をしなくちゃだめだな、タラヴァトス」と、レジナルド・ブル。

「その程度は自動で対応できます」と、コンピュータ。「しかし、敵はじつに正確に、つねに《ハルタ》を標的にしつづけています」

「最善をつくして猶予期間を最大限延長するんだ」ローダンは性急にいい、成型シートにすわっているイホ・トロトに向きなおった。「《ハルタ》のヒュプノ学習の能力はどれくらいだ？　大きなデータ・パケットを対象者に送るのにかかる時間は？　なにより、同時に何人くらいを対象にできる？」

「司令室で三名同時に対応できる」ハルト人が答えた。「ほかに五名までなら予備の訓練室が使える。学習時間は当然、内容による」

「学習内容はそれほど大量ではない」と、ローダン。「全体としては事実にもとづいているわけだから。停滞フィールドに囚《とら》えられていたことは認めてかまわない。期間は現状にあわせて短縮するが。一一四三年からもどってきたことはなにがあっても明かせない。銀河系が完全に封鎖されていること、大マゼラン星雲の状況、パウラ・ブラックホール、ブラック・スターロード、サトラングやフェニックス＝1、グラドやマークス、《バジス》のことなど、未来に関する事情はすべて口外無用だ。いちばんいいのはできるだけおろかなふりをすることだろう。わかったな、タラヴァトス？　この情報から偽の来歴を捏造できるか？」

「聞いておきたいことはまだたくさんありますが、それに答えてもらうには時間がかかりすぎるでしょう。そうした点をわたしの裁量にまかせてもらえるなら、適切な来歴を捏造できます。細部はそれぞれの記憶から補完するので、ヒュプノ学習にかかるのは数分程度です」

「きみの裁量で自由にしていい」ローダンが簡潔に応じる。「四九〇年までにわれわれが体験したことをすぐにでっちあげてくれ、タラヴァトス」

「いささか軽率ではないか？」イホ・トロトが異議を唱えた「タラヴァトスがつくり話好きなのはよく知っている。華々しいばか話をつくりだすだけだ」

　ローダンは異議を無視して全員に向きなおった。

「ベオドゥ、コヴァル、エイレーネ……きみたちが最初にヒュプノ学習するんだ。いちばん抵抗力が弱いから。ほかの者は細胞活性装置やメンタル安定化処置や特殊能力のせいで、洗脳に耐性がある。だからまずきみたちからだ」

「わたしはいやよ！」エイレーネが両手を腰に当てて反抗した。ローダンはその姿勢よりも目の表情にゲシールの面影《おもかげ》を感じ、胸が痛くなった。「秘密は絶対に漏らさない。たとえ拷問されても」

　ローダンには議論する気はなかった。

「反論はなしだ、お嬢ちゃん」と、断固とした口調でいう。めったにそんな口調は使わないので効果は覿面《てきめん》で、エイレーネは不服そうに口を閉じた。そのあとかれは娘だけでなく全員に向かっていった。「これは楽しいゲームではない。われわれの知識で過去に介入したら、タイム・パラドックスが起きてしまう。場合によっては歴史に破滅的な影響をおよぼすことになる。時間があればもっとくわしく説明するのだが、いまはとにかくわたしを信じて、したがってもらいたい」

「もちろんだ、ワキアン」ベオドゥがいった。「いわれたとおりにしよう」

「わたしもあなたを信じます、ペリー」と、コヴァル・インガード。

「人類を救うためにわたしたちの知識が必要になったとしたら？」エイレーネがたずねた。

「その場合はその種の事態に経験があるわれわれに判断をゆだねてもらいたい」ローダンは娘に釘を刺した。

「タラヴァトスが学習プログラミングを準備した」イホ・トロトが司令コンソールの前からいった。「エイレーネ、ベオドゥ、コヴァル、グリーンのランプが点灯しているターミナルの前で待機してくれ。あとのことは脳グラフがやってくれる。頭のあたりがちりちりするのを感じたら、ヒュプノ送信機との接続は完了だ。あとは心を開いてプログラミングにまかせればいい。痛みはない。数分ですべて終わる」

三名は無言でトロトの指示にしたがった。エイレーネは反抗的な表情だ。

ローダンはこの処置で、全員が思わず秘密を漏らしてしまうことがなくなる保証になるだろうかと考えた。この種のヒュプノ学習は洗脳ではなく、知識を追加するにすぎない。最終的には個人の判断と……その場の状況しだいということ。いまのところかれらが虚偽の来歴をだれかに伝えることはなさそうだが。ペルセウス監視要塞がますますはげしく砲撃をくわえてきているから。

シントロニクスは警告も状況報告もしてこないが、現状の深刻さはデータを見ればわかる。

　このまま砲撃がやまなければ、せいぜいあと十分しかもたないだろう。その時点で《ハルタ》の防御バリアは崩壊し、反物質粒子のシャワーを浴びて船は爆発する。

「反物質？」ローダンは息をのんだ。

「敵の新兵器のようです」タラヴァトスが自発的に答える。「防御バリアの表面に寿命の短い超強力なハイパーフィールドを形成し、それが崩壊するさいに少量の反物質が生成されます。それが防御バリアと破壊的な相互作用を起こし、エネルギーを消費させ、結果としてバリアの寿命を劇的に減少させて……」

「宇宙ハンザがオービターから獲得した反物質放射砲そっくりだな」と、レジナルド・ブル。

「時間を稼がなくては」ローダンがいった。「すくなくとも、全員が虚偽の来歴を共有して、たがいの話が矛盾しないようにする必要がある。通信を試みてくれ、タラヴァトス。おなじみのGAVÖKの周波数で。つながったらわたしが出る」

　船載コンピュータは指示を確認したが、すぐにこう報告してきた。

「送信できません。送信のためにバリアに構造亀裂をつくると、即座にそれを押しひろげようとしてきます。敵の武器はバリアの不安定部分を察知して、それを押しひろげるように作用します。この状況での通信は自殺行為です」

司令室がはげしく震動し、コンピュータがバリア外層の崩壊を報告した。

全面崩壊まであと四分だ。

「バリアを切って降伏したらどうなります？」と、レジナルド・ブル。「降伏を無視して破壊しようとまではしないでしょう！」

「それは最後の手段だな」ローダンはじっとブルを見つめた。「歴史の流れに影響をあたえる可能性は極力排除したい。この思わぬ時間旅行でタイム・パラドックスを引き起こすことだけは避けたいから」

「このままこの時代にとりのこされたとしたら？」ブルがたずねる。

ローダンはその可能性を考えたくなかった。

「ヒュプノ学習が終了しました」タラヴァトスがいった。

そのとき《ハルタ》がまた大きく揺れた。同時に苦痛の悲鳴があがる。コヴァルがよろよろと後退し、からだをまるめ、頭が破裂するのを防ごうとするかのように両手でこめかみを押さえた。ちいさくすすり泣き、ふらつきながら壁ぎわに近づく。

「ヒュプノ学習とうまく折り合えていないようだ」と、ブル。「どうしてこんなことが？」

「思考が混乱してるね」テレパシーでブガクリスの〝蛮人〟の考えを読んだグッキーがいった。「新しい知識をうまく受け入れられないんだ。このパニック状態の解釈が正しければ、真実と嘘の区別がつかなくなってる。でも精神障害とまでは……まだ……いえないかな」

エイレーネがコヴァルに駆けよったが、かれはその手をはらいのけた。

「ほうっておいてくれ。自分でなんとかする」

「これはあまりいい来歴じゃないな」ベオドゥがほとんど聞きとれないくらいの小声でいった。「どうして夢想者のふりをしなくてはならないんだ？」

またしても《ハルタ》に衝撃がはしる。圧力緩衝装置の重力システムが一瞬停止し、だれもが不快な気分とともに、船が大加速度で宇宙空間を疾駆していることを思い出した。

「状況はどうなってる、タラヴァトス？」と、ローダンがたずねる。

「あと二分……」

「では、われわれ三名にヒュプノ学習をたのむ」そういいながら、コヴァルが大騒ぎではなれたターミナルに向かう。「グッキー、きみはあとでわれわれの思考を読んで……」

それ以上話しつづけることはできなかった。ヒュプノ学習が効果を発揮しはじめ、周囲のものが沈みこんでいくように感じ、船載コンピュータがかれの想像したとおりの虚偽体験を転送していく。細部はもっと詰めなくてはならないが、それは口頭で相談すればいい……話の結末は決まっていなかった。かれらがシラグサ・ブラックホールに……大マゼラン星雲のパウラではなく！……落下したあと、〝それ〟の介入でなにがあったのかは……

　ヒュプノ学習が終わったとき、ローダンはずいぶん早かったと感じた。疑似ヒュプノによる軽い目眩《めまい》がおさまると、あたりのようすは大きく変化していた。エイレーネとベオドゥとコヴァルは塩の柱のように硬直している。

　ブルはヒュプノ学習装置の前で頭を垂れ、ぼんやりと前方を見つめていた。イホ・トロトが〝ため息〟とともにターミナルの前をはなれる。グッキーの毛深いからだは司令コンソールの上に死んだように横たわっていた。さらに……ローダンはようやく、すべての計器が作動していないことに気づいた。

「タラヴァトス！」叫んだものの反応は期待していない。かれはネズミ＝ビーバーに駆けよった。肩をつかみ、名前を呼ぶ。

　グッキーは一瞬だけ身震いし、かろうじて聞きとれる程度のささやき声が口から漏れた。ローダンになにか伝えようとしているらしい。

「聞いている」ローダンはネズミ＝ビーバーの頭をそっと横向きにし、片耳を口元に近づけた。

「プシ……」やっと聞こえる程度の声がした。「攻撃が……ぼく自身の……プシ能力…

…なんとしても……」

そのあとは声にならなかったが、意味は伝わった。グッキーの精神はまだ活動していて、話しかければすくなくとも理解はできる。ローダンはどうしても必要と思える範囲で、虚偽の体験を手短かに説明した。

「破壊された《バジス》を発見したことは絶対にいうな。われわれ、宇宙航行するベカッスのことは知らない……この時代にはまだ存在しないから。パウラ・ブラックホールを抜けてきたのではなく、ポイント・シラグサのブラックホールに落下した……」

そこまでいったとき、いきなりからだが麻痺するのを感じた。なにかが体内に這いこんできて、肉体の機能をひとつずつ停止させていった。

＊

顔の感覚がなく、唇が動かないので話すこともできない。部分的に麻痺しているらしい顔をなでようとしたものの腕をあげることができず……からだがまったく動かなかった。精神活動に問題はない。見ることも聞くこともできる。司令室はななめにかしいでいるように見えた。実際にはからだがどんどんかたむいていて、ついには床にぶつかった。

どうなっているんだ？

衝撃は感じないが……人工重力か？

どさっと大きな音がして思考が妨げられた。倒木のように倒れたイホ・トロトの姿が目のすみに見えた。

不気味な静寂がそれにつづく。なにも起きない。司令室の外から音が聞こえることも、なにかが動くことも。

やがて遠くからごろごろいう音が聞こえ、それが徐々に大きく船内に響きはじめた。なんの音なのかはわからない。ローダンはさまざまな仮説を考えたが、すぐにすべて放棄した。

最初のロボットが姿を見せ、ローダンはがっかりした。

ロボットはどの種族のものもつねに感情のない下僕で、知性も自由意志も持たない……ポスビのような〝個体主義者〟をべつにして。

司令室に最初に浮遊してきたのは球形の物体、状況を確認するための観測ゾンデだった。それが消えると入れ違いにクモ型ロボットが数体あらわれ、散開して、なかば麻痺している者たちに一体ずつとりついた。ローダンの上にすわりこんだロボットはザトウムシを思わせた。球形のちいさめな胴体から六本の細長い多関節の脚がのびている。脚といっても移動用ではなく、把握用だ。

それがわかったのはザトウムシ・ロボットがかれをつかみあげ、なんらかのエネルギー・フィールドで浮遊してハッチから通廊へと出ていったからだった。べつの一体がイホ・トロトを運んであとにつづく。

　これらのロボットが麻痺した囚人を運ぶためだけに設計されているとは思えなかった。それならもっとかんたんな技術で対応できるはず。

　かなりの速度でエアロックに運ばれ、内扉も外扉も開いたままのそこを通過し、透明なエネルギー・チューブで未知物体のなかに入る。たぶん《ハルタ》に接舷した監視要塞のひとつだろう。

　エネルギー・チューブごしに外のようすがわかった。片側には《ハルタ》が視野の半分を占め、反対側にはローダンが運びこまれようとしている敵物体のふくらんだ部分がある。背景にぼんやりとひろがるペルセウス・ブラックホールの降着円盤の手前に、監視要塞とはまったく異なる外観の飛翔体が見えた。

　細部までじっくりと見ている時間はなかったが、長く引きのばされた簡素な箱形で、前後端は角がまるくなり、中央部にいくつか不規則な突起があるようだ。一瞬、表面の文字が目に入った。〝T〟ではじまり、数字がつづいているが、はっきりとはわからない。星明かりを吸収する黒い表面の上で、ほとんど目立たないから。

　不恰好な飛翔体はすぐに見えなくなり、比較対象がないため大きさを推測することもできなかった。ハッチの端が視野に入ってきて、その陰ではすべてが漆黒の闇にのまれていた。

ザトウムシ・ロボットにつかまれている左腕がちくちくしはじめる。麻痺が解けかけている典型的な兆候だ。だが、その感覚が痛みに変わる前に、ロボットがなにもしないのにふたたび腕が麻痺した。

最初はどういうことかわからなかったが、いきなり閃《ひらめ》いたことがあった。単純な話だ。敵はセランの機能をコントロールすることができ、それを利用したのだろう。

そう考えればなぜ自動保安システムがセランを閉じるか、個体バリアを展開するかしなかったのも納得できる。その延長線上で、セランの医療装置があらためてかれを麻痺させたと考えるのも無理な話ではない……たぶん最初の麻痺もそうだったのだろう。その一方……

ローダンは思考にブレーキをかけた。いまはそんな些事《さじ》にかまけているときではない。まったく性質の異なる問題に直面しているのだ。たとえば、なにが起きているのか？　自分はだれの手中にある？　テラの監視プラットフォームを……すくなくともテラの記号を表示した監視プラットフォームを……指揮していた敵は何者なのか？

ひとつだけ、ほぼ確実と思える事実があった。敵が何者であれ、砲撃の前に無力となった《ハルタ》を破壊しない程度には人道的な相手だということ。ローダンは敵が生きた捕虜に興味をしめしていることをありがたく思った。

闇がゆっくりとグリーンがかった明かりに道を譲り、目が痛くならない程度の明るさでおちついた。

そのときようやく、もうザトウムシ・ロボットにつかまれておらず、ドーム天井の大きなまるい光源からの光に照らされた部屋にいることに気づく。光はますます強くなり、まばゆい白色光となった。壁も影ひとつない白一色だ。

ローダンにはそこが手術室のように思えた。異人がかれを解剖し、内部がどうなっているか見ようとしているのではないかという不安をおぼえる。

だが、なにも起きなかった。すくなくともローダンは最初、なにかされているとは感じなかった。仰向けに寝そべったまま、爪先から腹部まででなにが起きているのか見ることが……感じることも……できないのだ。

やがて顎に当たるレーザー光が見えた。それがセランの首元へと進んでいく。それは防護服を切り裂くたんなる〝ナイフ〟ではなく、もっとずっと洗練されたものだった。それがわかったのはセランのファスナーが開かれて、文字どおり防護服を引き剝がされ、のこる衣服もとり去られたからだった。

かれを裸にむいたビームは目に見えず、レーザーはとっくに消えていた。

……裸に！　その考えはぞっとする連想につながった。裸だけですめばいいが！　現状では悪夢が現実となったかどうかわからない。ただ、恐怖はそれほど深刻ではなかった。これほど進んだ技術を持つ知性体なら、異人の皮を剝ぐような怪物ではないはず。

相手が人類である可能性もまだ消えていない。

ただ確信が持てないだけだ。《ハルタ》の乗員を敵あつかいした者たちはなぜ姿を見せないのか？

ローダンは細胞活性装置だけを身につけて横たわっている……細胞活性装置！ それが不可視の力につかまれて持ちあがり、目の前で揺れている。まるで捕獲者がそれを見せびらかし、この貴重な逸品をどうすべきか知りたがっているかのように……

からだの感覚はなかったが、ローダンは強い不安のあまり幻想痛を感じていた。

「それはわたしの細胞活性装置だ」と、叫べるものなら叫びたい。「それをとり去られたら、死んでしまう」

助けをもとめる無言の悲鳴に応じる者はいなかった。

ローダンの上半身が持ちあがり、牽引ビームが細胞活性装置の鎖をかれの頸から引きあげる。卵形の物体は浮遊して、かれの視界から未知の目的地へと漂っていった。

ローダンは吐き気を感じた。完全にとほうに暮れ、六十二時間以内に細胞活性装置をとりもどせないと命の時計がとまってしまうという思いで気分が悪くなる。思わずジェフリー・アベル・ワリンジャーのことを考えた。ジェフリーもあのとき……六百五十三年後……細胞活性装置を奪われたとき、同じ気分だったにちがいない。

もちろんローダンの場合は状況が異なり、捕獲者に悪意があるわけではないだろうが、どうすれば自分が命の危機に瀕していることを理解させられるだろう？

　ローダンはいくつものまるい光源がある天井が近づいていることに気づいた。からだが持ちあげられ、水平方向に移動している。頭のうしろに壁が迫ってきた。そこに金庫の扉のような円形のハッチが口を開き、かれはチューブのなかに吸いこまれた。ハッチが閉じ、またしてもせまくて真っ暗な空間に閉じこめられる。

　それがなんらかのスキャナーで、徹底的に検査されるのだろうという確信があった。たぶん思考まで記録されるはず。かれは懸命に考えた。

　わたしはペリー・ローダン、人類だ。テラナーという。銀河系の全種族の友だ。一時は銀河系でもっとも有名な個人だった。わたしは不死だ。超越知性体〝それ〟から卵形の装置をあたえられ、それがわたしを不死にしている。それを身につけていないと、六十二時間以内に死んでしまう。

　その考えが伝わらなかったか、拷問者がわざとかれを苦しめようとしているかだ。いずれにせよ、かれは長時間チューブに閉じこめられたままだった。

　やがてなにかされたようで、ローダンは突然、夢のない深い眠りに落ちていった。

4　幕間Ⅱ　見ざる聞かざる言わざる

ヴァニは司令官を誤解していた。

〝殴り屋ステッペン〟は、信念からではないにせよ、今回は血をもとめなかった。部下に説明する責任はないのだが、かれはこういった。

「連中を地獄に送るわけにはいかない。生きたまま捕獲しないと。敵の防御バリアを破壊したら、砲撃は自動的にとまる。ただ、きみたちは持ち場をはなれないように……念のためだ。たぶんなにもないが、技術的な誤作動も考えられるから」

「司令官もばかなことをいいだしたな」通信士がいい、ヴァニは本心からたずねた。

「あなたの名前を教えてくれない？」

「エリクだ。エリク・ホンネンロッター」

「長いわね……エリクって呼ぶわ」

ヴァニは数分間息を詰めて集中した。敵の状況の報告が数秒おきに入ってくるのだ。

小型ブラックホール船の防御バリアが崩壊するのは時間の問題だった。〝殴り屋ステッペン〟はすでに敵船に乗りこむ準備をしている。予想どおり、乗りこみに選ばれたのは〝三猿〟で、通信・探知センターにはおもしろくないという雰囲気がひろがった。

三猿とは〝三匹の猿ロボット部隊〟の略称で、特殊な制御システムによる遠隔操作でのみ活動することから命名されている。操作するのは司令官が選抜した者たちだ。つまりほかの乗員は現場でなにが起きているのかまったくわからないことになる。三猿は〝見ざる聞かざる言わざる〟……情報をほかといっさい共有しないから。知りえた情報に触れられるのは三猿を操作する者たちだけだ。

敵の防御バリアが霧散すると……司令官の主管制センターがすべてを引き継いだ。

「わたしたちの仕事は終わりね、エリク」ヴァニが残念そうにいう。

それでもまだ持ち場についたまま、作戦の推移は記録しなくてはならなかった。測定結果などはわかるが、それはたんなる統計作業だ。具体的になにかがわかるわけではない。

敵船に何名乗っていたのかさえかくそうとするだろうが、そこで使えるちょっとしたトリックがあった。通過するデータのバックアップをとるとき、わざとまちがった数値を入力して再確認をもとめるのだ。

たとえば、敵船の乗員数を適当に思いついた〝四十三〟と入力する。エラー！　次にできるだけちいさい数値を入力する。つまり〝一〟だ。エラー！　これをくり返すと正しい数字がわかる。〝七〟だった。

これで敵船の乗員が七名だとわかる。

「なにをしてるんだ？」エリクがいぶかしげにたずね、彼女の肩ごしにのぞきこもうとした。

「なんでもない」彼女は強くはねつけた。「退屈してるだけ」

通信士を近よらせないほうがよさそうだ。口ぶりからして、エリクはたぶん謹厳実直なタイプだから。彼女には個人的な楽しみを分かち合う気はさらさらなかった。エリクに気づかれないよう注意しながらさらにのぞき見をつづける。

そうこうするうちに興味深いことがわかった。三猿が七名を無力化したあと《ペルセウスⅢ》に収容したのだ。一名を制圧するためにプシ・プレッサーまで使ったことがわかって、ヴァニは驚いた。つまり超能力が使えるミュータントが乗っていたということ。

興味深くはあるが、センセーショナルというほど驚くことではない。

七名は三猿が検疫ステーションに搬送し、厳重な隔離下に置かれた。ありとあらゆる検査をされ、肉体と精神がチェックされ、尋問がはじまるのだろう。もちろん、すべて秘密裡《り》に。

エリクは部隊輸送艦《テンポ一七》が到着して忙しくなった。テンポ型輸送艦は飾り気のない不恰好な箱形で、全長七百メートル、幅三百五十メートル、厚さ二百メートル、とりたてて特徴はないが、強いてあげるなら開放型格納デッキにメルツ型戦闘機を搭載している。

《ペルセウスⅢ》と《テンポ一七》のあいだで慌ただしく通信が交わされているが、乗員に聞こえるのはステッペンの皮肉っぽい応答だけだ。部隊が必要だとしてもいまごろ到着したのでは手遅れだといい、聞き耳を立てている者たちを追いはらうようにこうつけくわえる。

「では、ここからきょうの暗号通信に切り替えよう」

立ち聞きしている者たちに聞こえるのは音域がさまざまに変化する笛のような音だけになった。暗号は毎日変わるので、エリクがきのうの暗号を知っていたとしても役にたたない。

「またはずれだったな」エリクはヴァニに妙な視線を向けた。「このあといっしょにどうだい？　もうすぐ交替がくるはずだ」

交代要員がやってくると、ヴァニはエリクに背を向けた。

頭が肉体的なリラックス以外のことにフル回転していたのだ。彼女には秘密を嗅《か》ぎつける才能がある。検疫ステーションにはきわめて大きな秘密がかくされているにちがいなかった。なんとしても、もっと探り出してみせる。

彼女は本能的に、なにかがひどくおかしいと感じていた。

敵船にはどんな特別な乗員が乗っていたのだろう？　情報がなにも漏れてこないのだ。噂話になる程度の情報さえ。

ほかにも気になることがあった。《テンポ一七》がそのままとどまっていて、ほかの八基のテンダーもペルセウス・ブラックホール宙域から十光年はなれた待機ポジションにもどっていかない。

ヴァニの勘が正しければとてつもなく大きななにかが目の前で動いているのに、一般の目からはそれがかくされている。

かつて彼女が暴いたと思った歴史データの改竄《かいざん》のような、おかしなことが起きているのかもしれなかった。今回またしても、それを隠蔽《いんぺい》するための策謀がめぐらされているのではないか。

怒りのあまり気分が悪くなった。真実が知りたい。そのためにはすべてを賭ける覚悟だった。

*

検疫ステーションの保安はもちろん厳重だ。だが、敵のスパイ活動からなにかを守るのと、規律正しく従順な味方に対してなにかを秘密にするのとではかなりの違いがある。

ヴァニは規律正しくも従順でもなかった。

独自の道を進むためなら頑固で強情になれる。

しかもシステムの穴にもくわしく、どのボタンを押せばいいのかも知っている。乗りこみ部隊に随行した三猿のことだ。三猿ロボットは命令を受信して行動するだけで記憶バンクをそなえていないが、すくなくとも行動のための命令を一時的に保管するバッファーは存在する。そこからかなりの情報が得られるはず。

ヴァニは勤務が終わるとすぐさま三猿の格納庫に向かった。敵船に乗りこんだロボットのシリアル番号はひかえてある。捕虜を運んだロボットを特定するのはむずかしくなかった。

急ぐ必要もない。管理者がいないので、時間をかけても問題なかった。私物のマイクロシントロニクスで三猿のキャッシュにアクセスする。七つめが当たりだった。作戦命令、つまりステッペン司令官からの通信がのこっていたのだ。

残念なのは映像信号をとりだすテンプレートがないことだった。それがあれば作戦行動中の映像も見られたのだが。それでも音声があれば充分だ。

ステッペンは暗号が好きなわけではなく、三猿にもふつうに話しかけていた。活発な性格なので、その言葉もはっきりしている。これはヴァニにとって都合がよかった。暗号解読は得意ではないから。

「くそ、人間だと!」ステッペンが叫んでいた。三猿には関係ない部分だが、命令といっしょにキャッシュに保存されている。「人間が四名……テラナー？　それに、なんてことだ！　あれがネズミ＝ビーバーでなかったら、わたしの目はどうかしてる。ハルト人まで！　かれらは全員、故郷の不毛惑星に引きこもったんじゃなかったのか。いったいどういう連中の集まりなんだ？　動物園か？　搬送中は充分に注意しろ、猿ども」

最後の呼びかけは当然、三猿に対するものだ。

ヴァニは司令官の発言をすべてシントロニクスに保存し、通信内容を聞きながら興奮が高まるのをおさえきれなかった。思いもかけなかったほどの大きな収穫だ。三猿への最後の命令は四人全員を検疫ステーションに運べというもので、そのあとに個人的な言葉が入っていた。それがヴァニの好奇心をさらに刺激した。

「信じられない！　この男はまるで……最高機密指定が必要だ。部分的な記憶消去処置を受けたほうがいいな、ファンギ」ファンゴラ・メンゲスはステッペンの副官だ。「送りこんだロボットは破壊するのが最善だろう。この発見は、たとえわたしの疑念がまちがいだったとしても、ただちにテラに報告しなくてはならない。どうしてこんなことに！　なぜよりによってわたしが？」

ヴァニはステッペンが捕虜をだれだと思っているのか、ぜひ知りたかった。まだわかるかもしれない……どうしても知らないと！　検疫ステーションに忍びこむしか手がないとしても。

突然の物音にはっとする。彼女がシントロニクスをはずして身をひそめると、背後で男の声がした。

「ロボットもかわいそうに。ほんとうに破壊するのか？」

「命令は命令だ」と、べつの声。

ヴァニは保守専門家二名が三猿を運び出すのを見とどけてからロボット格納庫をあとにし、自分の居住区画にもどった。手に入れたデータを安全なところにかくさないと……まるで爆弾のようなデータなのだ。

もう一度ガルブレイス・デイトンに会うための鍵になるかもしれない……前に一度、歴史の嘘を暴いたと思ったときのように。当時、絶対の確信はなかったが、まちがいだと証明されたわけでもない。

今回はどうだろう？

ヴァニは危険を冒して検疫ステーションに忍びこむことにした。

自分のキャビンで短い休息をとり、もう一度すべてを考えなおしてみる。眠りこまないように賦活剤を肘の内側に注射した。

いよいよ出発しようとしたとき、スピーカーから声が流れた。

「警報！　これは訓練ではない。緊急事態だ。全員、現在位置から動くな。その場にとどまれ。非番の乗員は余暇室に……」

ヴァニは最後まで聞いていなかった。急いでキャビンから通廊に飛び出す。ハッチが閉じると同時にかちっと音がして、集中施錠システムでロックされたのがわかった。

「いったいなんの騒ぎよ！」彼女は憤然と声をあげた。

検疫ステーションに向かったが、当然そこもロックされていた。だが、そのときメイン・ハッチがスライドして開き、三猿ロボットの一体、たぶん破壊されるはずのものが、拘束衣につつまれて意識のない捕虜を運び出してきた。

まずハルト人に目が行ったのは、その大きさからして当然だろう。だが、四名の人間のうちひとりはひと目でだれなのかわかった。

「ペリー・ローダン？」信じられない思いでつぶやく。

ステッペンが三猿を通じて聞いているのはわかっていた。

それでも彼女はすべての結果を受け入れる覚悟だった。

＊

〝殴り屋ステッペン〟は百六十七センチメートルの背を精いっぱいそびやかしてヴァニの前に立ち、筋肉を震わせて咆哮《ほうこう》した。

「よし、きみはまたしても全力でわがチームの士気をぶち壊してくれた。保安規則をことごとく破った。軍法会議にかけてもいいくらいだ。だが、そうはしない。もっと上の権威筋からの指示で、きみは捕虜といっしょにテンポ型輸送艦に乗ることになった。きみがわたしの指揮の範囲から出ていくのは大歓迎だ」

ヴァニとしても否やはない。わずかな荷物をまとめることさえせず、彼女は部隊輸送艦に乗りこんだ。

ペリー・ローダン一行に近づくという目的は達成できた。この銀河系最大の政治的スキャンダルを暴こうとしなかったら、彼女はヴァニの名に値《あた》いしない。

5　目ざめ

レジナルド・ブルが意識をとりもどしたとき、まっ先に考えたのは細胞活性装置のことだった。グレイの囚人服の生地の下にその存在を感じたかれの安堵は相応に大きなものだった。

数時間は経過したにちがいない。ブルは狭苦しい独房でひとり、暗い思いをもてあそんでいた。あるのは寝台と衛生セルと、施錠されたドアのわきの多機能パネルだけだ。パネル上には四十個のタッチ・センサーがついているが、機能を説明するアイコンは存在しない。ブルはすべてのセンサーを何度もためしてみたが、なんの成果もあがらなかった。

周囲を見まわしても、つねに監視されているはずというかれの疑念を裏づけるものはなにも見つからない。とはいえ、いくつものマイクロフォンやカメラが自分に向けられていることには確信があった。

「おい」と、不機嫌に声をあげる。「もうたっぷり観察しただろう？　そろそろ一度くらい姿を見せろ。せめて相手がどんなやつかくらい知りたいからな」

「それはこちらも同じだ」いきなり頭上から合成音声のインターコスモが聞こえた。

ブルが驚いて、すこしたじろぐ。

「おやおや、だれかいたのか。いったいどなたとお話しさせていただいているのか、おたずねしてもよろしいかな？」

「それを明かすのはまだ早い」聞きやすい、だが明らかに人工的に合成された音声が答えた。「まず、きみがだれなのかをはっきりさせたい」

「レジナルド・ブルだ」ブルは誠実に答えた。「テラナーの。これで答えになったか？」

「ならない」と、目に見えない対話相手。「きみはレジナルド・ブルのように見えるし、かれのように話す。細胞活性装置も所持している。きみのすべてがレジナルド・ブルというテラナーにそっくりだ。だが、きみがかれであるはずはない」

「なぜだ、とたずねてもいいかね？」

「レジナルド・ブルは銀河系のほかの重鎮たちとともに、四十二年前に亡《な》くなった。その死は証明されている。だから質問は、きみはだれ……あるいは、なに……かということだ。どんな邪悪な目的があって、死者のドッペルゲンガーとして姿を見せた？」

「神かけて、わたしはレジナルド・ブルだ！」ブルが憤然と叫ぶ。「きみたちはわたしを心身ともに徹底的に検査したのだから、わたしが本人だと認めるしかないはず……つまり、きみたちが人間ならだが。わたしが相手をしているのは何者だ？」

「われわれはギャラクティカー……銀河系の守護者だ。われわれの生存範囲に異質な存在を立ち入らせないと、かたく決意している。どんなマスクで入りこもうとしてもだ。きみはブラックホール経由で銀河系に入ってきた！」

　最後のひとことは紛れもない非難だった。ブルは嘆息した。小手調べは終わり、尋問がはじまる。

「こんなことをしたのははじめてだ」ブルは申しわけなさをよそおった。「二度としない。ここにいたるには長い歴史があるのだ」

「時間ならたっぷりある」声が答えた。「きみの話を聞き終えたあと、細かい点をじっくり訊くことになるだろう。曖昧《あいまい》な点をすべてはっきりさせ、きみの正体を暴いてやろう……きみの任務も」

「くそったれ！」ブルは悪態をついた。「わたしの存在以外で、どうやってわたしがわたしだと証明できる？　ペリー・ローダン、イホ・トロト、グッキーやエイレーネなら、わたしがわたしだと確認してくれる。たとえきみが尋問の結果を信じなくても」突然、ばかげているが恐ろしい考えが脳裏に浮かんだ。「ほかの者たちもわたしを否定しているのか？」

長い沈黙がつづき、ブルは未知の相手が接続を断ったのではないかと不安になった。だが、声はまた聞こえてきた。

「ほかの者たちもまた、かれらが主張するだれに見えるとしても、なんの証明にもならない。その全員が数十年前に死んだ者たちだから」

ブルは胸の細胞活性装置をきつく握りしめた。

「わたしの細胞活性装置を見ても納得しないなら、ペリーのものを見てみろ。あれはかれ専用に調整されている。その身元に疑う余地はないはず。かれの細胞活性装置は譲渡不可能だから」

「死からよみがえることはありえない」相手は頑迷だった。

「それがばかげているというのだ！」ブルは怒りを爆発させた。「われわれ、死んでなどいない。十四隻の宇宙船は一隻も失われていないし、だれも死んでいない。この四十二年間を停滞フィールドのなかで生きてきたんだ。われわれの時がとまっているあいだに、そのフィールドの外では四十二年が経過したということ」

「まったくの夢物語にしか聞こえない。その現象がどのように起きたのか、納得のいく説明ができるのか？」

「無理だな。だが、銀河系船団の十四隻の存在がおのずと語ってくれるだろう。真実を話している証拠に、名前をあげようか？　わたしの《シマロン》、アトランの《カルミナ》、《ペルセウス》、《ラクリマルム》、《モノセロス》……」
「きみが宿題をしてきたことはわかった」声が優しく突き放すようにかれをさえぎった。「だが、銀河系船団の船はどこにある？　《シマロン》が使えるなら、なぜあんな奇妙な方法であらわれた？」

あまりにも執拗な不信感に、ブルはかぶりを振るしかなかった。

「なにがあれば証拠になるんだ？　仮にわたしがコピイだとして、そんなものがつくれるなら、《シマロン》のコピイをつくるくらい児戯に等しいだろう。わたし自身がわたしの存在の証拠にならないなら、宇宙船などもっと証拠にならないのではないか？」

「きみを屈服させるにはもうすこし話し合うしかないようだ、友よ」

「ああ、ブリーと呼んでくれ」

この友好的な申し出も接続が切れるのを防ぐことはできなかった。

ブルはせまい独房でふたたびひとりになり、いまの会話のなかでいくつも好機を逸したことを悔やんだ。

ヒュプノ学習でおぼえた歴史を告げることさえできなかった。

質問の答えはひとつも得られていない。だれを相手にしているのか、どこに連れていく気なのか、ほかの者たちがどうなったのかもわからなかった。

＊

「きみはペリー・ローダンのクローンかもしれない。それならペリー・ローダンの細胞活性装置が機能してもおかしくはない」ローダンはそのおだやかな声がシントロニクスの合成音だと確信した。人間はあんなふうにはしゃべらない。

「わたしのクローンはありえない。わたしの細胞組織の保管はずっと禁じてきた。あのころはそういう選択の自由があったのだ」

「きみの話はすくなくとも、きみが銀河系の歴史と、そこからきたといっている時代の知識を持っていることをしめしている。だが、それでなにかが証明できるわけではない。ペリー・ローダンは……同行していた全員も……死んだのだ。この事実はくつがえせない……なにをもってしても」

ローダンはため息をついた。これでは堂々めぐりだ。シントロニクスを巧みに使って合成音声で話す正体不明の尋問者を納得させることはできそうになかった。相手の要求はただひとつ、〝事実の証明〟だ。相手に完全に無視されながら、自身の身をもって自分自身をどう証明する？

結局は堂々めぐりだ。ローダンは自分の存在で自分を証明するのに疲れてしまった。

「もうやめよう。埒《らち》が明かない」と、あきらめたようにいう。「ほかの者たちがどうなったか教えてもらいたい。グッキー、ブリー、トロト……わたしの娘も。エイレーネはどうしている？」

「きみと同じあつかいを楽しんでいる。残念ながら、きみと同じく非協力的だが」

ローダンは皮肉に反応しなかった。あらたな道筋からはずれたくない。

「われわれをどうするつもりだ？　ここはどこだ？　まだペルセウス監視プラットフォームのなかなのか？」

声が答える前に一瞬の間があった。

「きみたちはテンポ型部隊輸送艦にうつされている。ここは《テンポ一七》のなかで、ペルセウス宙域をはなれたところだ」

「どこに向かっている？」

「まだ決まっていない。ここよりもくわしい尋問ができる場所はいくつかあるから」

「テラはどうだ？」

笑い声が響いた。その声はいかにも人工的で、音声シミュレーターの産物なのは明らかだった。

「どうしてまっすぐ虎穴に入ろうとする！　たぶん最初はどこかの前哨基地だろう」

「もう長らく故郷に帰っていないのだ」ローダンは思わずすこしもの悲しい気分になっていた。実際、テラにはほんとうに長くもどっていなかった。時間跳躍した六百九十五年を計算に入れなくても。

「もう一度地球が見たい」と、ひとりごとのようにいう。

「それには時間がかかるだろう」声が応えた。

ローダンは相手がいなくなったことにさえ気づかなかった。現状とも時間跳躍とも関係のない、考えるべきことが急にたくさんできて、ひとりでほうっておかれるほうが都合がよかった。

過去に思いを馳せる。地球での生活。人々との触れ合い、友たちとの集《つど》い、ともにくぐり抜けた試練、日々のちょっとした出来ごと。

回想はさらにつづき……突然現在に、未来に立ち返る。かれがやってきた時代との関係では過去に当たる現在に。思考はぐるぐるとまわりつづけた。

かれは自問する。自分は地球を、銀河系を認識できるだろうか。それともそこはすっかり異質な存在に変容してしまっているのか……人類にとってのかれがそうであるように。

もう一度地球が見たい。

テラが懐かしかった。

だが、そんな望みをいだいてもいいのだろうか？　ここはかれの時代ではなく、一歩歩くだけでも、それは本来起きていなかったはずのことなのだ。そうした細かい変化の積み重ねが連続的な事態の雪崩《なだれ》を引き起こし、最終的に歴史の流れを劇的に変化させ、破滅的なタイム・パラドックスにつながるかもしれない。

それはかれのトラウマだった。

そんなことが現実になるのはなんとしても防がなくてはならない。

6 幕間Ⅲ 人形使い

かれは細胞活性装置保持者だ。

大きな権力と責任を有し、その権力を濫用《らんよう》することなく、銀河系とそこに住む者たちの幸福のためにのみ行動してきた。たとえ大衆受けのしない手段をとることになっても。

その行動からかれにはさまざまなあだ名がつけられた。〝グレイの参謀〟と呼ばれ、軍勢を操ることから〝人形使い〟としても知られている。

ただ、かれが個人的な利益のために、あるいは権力への欲望からなにかをしたことはない。自分の行動の正しさを疑ったこともなく、行動の結果はつねにかれの正しさを証明してきた。

銀河系の住民は昔よりも豊かになり、安全になり、かつては稀なものだった勇気や名誉や忠誠心といった美徳をそなえた子供たちを誇りに思えるようになった。

かれは銀河系の住民が恐怖に縮こまらなくてもよくなるためにも大きな貢献をはたした。

銀河系の生命体が生きる意味をとりもどしたのだ。かれらはギャラクティカーであることを恥じたり恐れたりする必要がなくなった。

細胞活性装置保持者はあらゆる責任を引き受けることができる。

かれははじめてジレンマを感じていた。

はじまりはイホ・トロトの船、《ハルタ》があらわれたという報告だった。かれがエスタルトゥの力の集合体でネットウォーカーとして活動し、銀河系には風聞としてしか伝わっていなかった時代の船だ。

《ハルタ》がそれまでブラインド・ホールと思われていたペルセウス・ブラックホールから出てきたという事実以上にいらだたしいのは、その船の乗員たちがペリー・ローダンやレジナルド・ブルやネズミ＝ビーバーのグッキーにそっくりだという事実だった。

当然、かれらは当初、たんなるドッペルゲンガーだと考えられた。だが、くわしい尋問の結果、完全にそっくりな双子か、本人たちだとしか思えなくなった。

細胞活性装置保持者はかれらの身元を疑っていなかった。過去の友たちが巨大な宇宙的カタストロフィで死んだという噂に反して生きていたことをよろこんでもいいところだ。

実際、かれはペリー・ローダンたちが生きていたことをよろこんでいた。だが同時にべつの感情も混じっている。皮肉な運命のいたずらをおもしろくなく思っているのだ。

それがかれをジレンマにおちいらせていた。

なんとも困った状況だ。

友たちを迎え、抱きしめたいと同時に、かれの合理的な精神はかれらを拒否しなくてはならないという。友たちが生きていたのはうれしい。だが……平和のためには……かれらは死んでいなくてはならない。

なんとも間の悪いときにあらわれたものだ。

かれらをどうしたものか？

状況を説明したら理解してくれるだろうか？

古い友情のためにも、真実を話すべきなのか？

かくしておいたほうが賢明では？　かれら全員にとって、また影響を受ける数億数兆の者たちにとって、現実的に受け入れ可能な解決策が出てくるまでかれらを隔離し、事情を知らせないほうがいいのでは？

自分を人形使いだとは思っていない人形使いは長いこと煩悶《はんもん》し、ようやく決断した。決断してしまえば、これ以外にとるべき道はないと確信できる。その選択の結果がどういうものであれ。

こうする以外に方法はない。

7　静寂の宇宙

物音ひとつしない絶対の静寂。

数百年、数千年のあいだ騒音の世界で生きてきたかれが、いまは静寂の宇宙に囚われている。

その宇宙は一方に十歩、反対方向に八歩のひろさしかない。

だが、かれを圧迫しているのは独房の狭さではなかった。自分の声以外なにも聞こえないという事実が、なによりも重くかれを圧迫していた。

話しかけてくる者はいない。

かれの宇宙をかこむ壁の向こうからはなんの物音も聞こえてこなかった。数えきれないほど何度も外に意識を向けてみたが、むだだった。思考の断片さえ伝わってこない。

自分自身と自分の考えしか存在しない。

「超能力を封じられたみたいだね、イルト」グッキーはひとりごちた。「連中、ぼくになにをしたかわかってんのかな？　もちろん、わかってるさ！」

最後のひとことに自分で目をまるくする。

他者の考えがまったく聞こえてこないというのがテレパスにとってどういうことか、テレパスでなければ想像できないだろう。

テレパスはつねに他者の思考をのぞいているわけではない。グッキーでさえこの悪癖をかなりおさえている。たとえおさえていなかったとしても、ほかの者たちはかれがちょっとプライヴァシーをのぞき見るだけで、それを悪用することなど考えていないのを知っていた。

「ま、いいけど」ネズミ＝ビーバーはかたい寝台の上で伸びをした。

テレパスであるというのは、思考力のある存在の考えが洪水のように押しよせるなかにつねに身を置いていることを意味する。永遠に終わることのない背景雑音がずっと聞こえつづけているのだ。テレパスはこの雑音とともに生きるしかなく、スイッチを切ることもできず、ある時点でそれが人生の一部になる。重要な活力源に。

だれかがそれをとめてしまい、静寂だけになったとしたら、それは地獄だ。

「こんなの精神テロだろ！　ぼくの正気を奪うつもりなんだ」

そうなるまでにどれくらいの時間があるだろう？　もうどれくらいたった？　錠剤の食事が十五回あったから、一日三食として、この苦行がもう五日もつづいていることになる。

その間だれにも会っていない。ぐにゃぐにゃした、触手のある異生命体にも。かれはそんな存在に捕まったのだと想像していた。卑劣でサディスティックで陰険で、意地悪いよろこびに満ち、精神的暴力を楽しむ存在に。

「だれか話をしようぜ！ 話したいことはたくさんあるんだ。どうやってこの時代に流れ着いて、よくわかんない問題をかたづけてきたのか。ぼくに訊くだけでいいんだ」

もちろん、訊いてくる者はいなかった。

「もし、ぼくから誓いを引き出すためにこれをやってるんなら、よろこんで誓うよ。ぼくが神聖だと思うすべてにかけて、生涯にわたり二度と、けっして、ほかのだれかの考えをのぞかないって誓う」

低くうなるような音がして、またしずかになった。

「食事の時間だ！」ネズミ＝ビーバーがばかにするようにいう。これが十六回めの〝食事〟……朝食ということになる。「きょうはどんな錠剤だい？ 赤とベージュのやつか、グリーンと黄色のやつかな？ オートミールの香りか、ちょっと蜂蜜をくわえたコーンフレークの香り……あとチーズ風味？ わかるか、サディストの怪物？ もうたくさんだ！」

かれは寝台から動かなかった。そのままハンガー・ストライキに入るつもりだったから。ネズミ＝ビーバーにはそれなりの決意があったものの、長くは抗《あらが》えない誘惑もあった。かれが大食いだというわけではないが、都市生活者としての人生哲学から、空腹は満たさなければならないと思っている。そうしないのは不自然なのだ。ハンガー・ストライキもそこまで本気ではなかった。

グッキーはひと声うめいて立ちあがり、多機能カウンターに近づいた。その下の蓋が鈍いグリーンに光っている。明滅するエネルギー・フィールドごしに手をのばすと、被毛がちりちりする感覚があった。錠剤を手探りし……なにか冷たい、やや湿った、かたくてごつごつした、すこし曲がった物体が手に触れた。二本の指のあいだに円錐形の先端を感じる。

「とうとう幻覚を感じはじめたかな」と、声に出していう。

手を引き抜き、信じられないという目で手のなかのものを見る。長いことそれを見つめた末に、心をこめてひと口かじった。

「ま、たとえ幻覚だとしても味はいいね。こういう幻覚なら大歓迎さ」

こんなすばらしい贈り物がだれからもたらされたのかという疑問はのこる。

この時代にネズミ＝ビーバーの好物なんてだれが知っている？

グッキーには答えられなかった。

＊

エイレーネはヒュプノ学習の件でまだ父親を恨んでいたが、目に見えない相手に尋問されたさい、おぼえた知識がとても役だったことはたしかだった。

まるで諳《そら》んじているかのようにすらすらと来歴を話すことができたから。ただ、賢明な彼女はそこに自分の言葉もつけくわえた。

エイレーネの話はこんなぐあいだった。

「惑星ナルナをはなれたとき、銀河系船団は十四隻しかいなかった。《アウリガ》はハンガイ銀河の第四クオーターが転移したあと、連絡船として集結ポイントXドアに向かったから。あれはぶじに《バジス》と出会えて、ハンガイ銀河とタルカン宇宙で起きたことの情報を伝えられたの？ わたしたちにはわからない。その後コンタクトがなかったから」

「きみはわれわれ、つまりわたしが代表して話している者たちがきみの仲間、人類またはその同盟者だと思っているようだな」

「違うの？」

「いまはその話ではない。先をつづけろ」

「ナルナはハンガイ銀河で超越知性体エスタルトゥが復活したところよ。くわしい話は《アウリガ》の乗員が伝えてるでしょうから、いまはぶくわ。そこにいたとき、ハンガイ銀河の最後のクオーターが転移した影響で、信じられないほど強力な構造震動が起きた。ハイパー震動が警報レベルにまで拡大したから、わたしたちは急いでナルナをはなれた。

その途中、船団はいくつかの構造歪曲に襲われた。それが元凶になったわ。十四隻すべてが一種の停滞フィールドに囚われて、そこに四十二年間閉じこめられることになった。とはいっても、そのことがわかったのはそこから解放されたずっとあとのことだけど。

最初はまったく未知の宙域に出たことしかわからなかった。星々がとても密集していて、恒星同士がほんの数光週から数光日しかはなれてないの。すぐ近くに三十六個の青色巨星があって、それが強いハイパー放射源だったせいで、正確な測定ができなかった。その妨害フィールドの影響で、遠隔探知の範囲が最大で十二光年しかなかったから」

「これは重要な話なのかね？」

「つまり、妨害フィールドのせいで正確な空間ポジションと暦が特定できなかったわけ。この星団の中心部から抜け出してようやく測定が可能になって、自分たちが四十年以上も眠っていたことがわかった。でもその前に、わたしたちはチャットゥという惑星に立ちよった。退化したハウリ人が住む世界で、かれらは原始生活にまで退行してたから、巨大な宇宙的カタストロフィのことはなにも知らなかった。ただ、なにか異常なことが起きたのはわかったようね。十四隻の宇宙船の幻影がずっと空に見えていて、この説明不能な現象をもとにカルト宗教ができてたから。このハウリ人のほかに、自分の出自がわからないヒューマノイドもいたわ。コヴァル・インガードと自称していて、難破したテラナーの子孫かもしれなかった。わたしたちに同行させたから、かれも《ハルタ》に乗ってた」

エイレーネはひと息ついて、いまのところどうにかうまく切り抜けていると思った。提供すべき事実にくらべて背景情報をすこし飾りたてすぎたかもしれないが。今後はもっと簡潔にやっていこう。

「四十二年という時間をジャンプしたことに適応するのは大変だったわ。乗員の多くは親族や友を置き去りにして、二度と会えなくなってしまったんだから。そうした人間的な問題のほかにも考えるべきことがあった。局部銀河群の銀河の状況や構造震動の影響が不明だったってこと。超越知性体〝それ〟の具象であるベネカー・ヴリングが消滅するのを見て、最悪の事態を覚悟したわ。

銀河系の状況がどうなってるかわからなかったから、わたしたちはまずポイント・シラグサに向かった。シラグサ・ブラックホールをアインシュタイン＝ローゼン橋として利用するための調査で、八基の研究ステーションが何年も前から稼働してるのは知ってた。ステーションは放棄され、破壊されてたけど、そこでイホ・トロトが乗った《ハルタ》と邂逅《かいこう》できた。ハルト人はつい最近M-87からもどったばかりで、わたしたちの故郷がどうなってるかは知らなかった。ただ、銀河系に行くならブラックホール経由がいちばん早いって教えてくれたわ。でもなにが起きるかわからなかったから、ほかの船はポイント・シラグサにのこして、《ハルタ》でブラック・スターロードに入ったの」

「ブラック・スターロード？」声がたずねる。

「ブラックホールからブラックホールに転移するルートをイホ・トロトがそう呼んでるのよ」

「シラグサ・ブラックホールにそんな転送ステーションがあると？」

「ええ。ブラックホール内部、事象の地平線の向こうにあるから見えないけど。ポイント・シラグサを探索したなら知ってると思ったんだけど」

「チェックしてみよう」

「ほかにいうことはないわ」エイレーネは話を締めくくった。「温かい歓迎についてはなにもいう必要はないでしょ。実際のところ、なにを考えてたの？　そもそもなにか考えていたのか、なにも考えずに発砲したのか、どっちかしら？」

「翼のような有柄眼のある小型の生命体はなんだ？」声はエイレーネの非難を無視してたずねた。

「アッタヴェンノクのベオドゥよ。以前は超越知性体エスタルトゥに仕える夢想者だった」エイレーネはそう答え、急いでつけくわえた。「いまだに夢と現実の区別をつけるのに苦労してるわ」

「蛮人のコヴァル・インガードもそうらしいな」と、声。

エイレーネは内心で緊張した。ヒュプノ学習のあと、コヴァルが流れこんできた知識と折り合いをつけられないことはすぐに明らかになった。

「コヴァルは惑星チャットゥのハウリ人たちにひどい目に遭ったから。いまの調子はどう?」

「環境しだいだ」

「かれの精神状態を改善するのに、あなたはなにかできる?」エイレーネは心配そうにたずねた。コヴァルにはよくなってもらいたいが、それが自分の状況にとっていいことなのかどうかはわからない。

しばらく沈黙があった。

「まだそこにいる?」エイレーネが静寂に向かってたずねたが、声は返ってこなかった。

8　幕間Ⅳ　ヴァニの〝夢〟

《テンポ一七》の艦長は痩《や》せぎすの寡黙な男だった。すべてをかかえこまずにもうすこし自分を表に出していたら、そこまで不機嫌そうな顔には見えなかったかもしれない。本名はギンゴ・アレランだが、陰では〝ギンギン〟と呼ばれていた。《テンポ一七》の乗員数は五千名、その全員が男性だった。艦内の雰囲気は刺々《とげとげ》しく、欲求不満でぴりぴりしていた。無理もない。乗員たちはせまい艦内に六カ月も閉じこめられ、その間ずっとかたい地面を足の下に感じていないのだ。宇宙的な癇癪《かんしゃく》がいつ爆発してもおかしくない。

艦長の態度はいまのところまともで、すくなくともヴァニを囚人のようにあつかうことはなかった。彼女はそれなりのキャビンを割り当てられ、外に出ることは許されないものの、ホロラマ投影装置、いわゆるホロラスコープも自由に使うことができる。彼女はそれで私用プログラミングをはしらせて遊んだ。

ヴァニにはデータ媒体がひとつしかなかった。彼女の〝そうだったかもしれない〟ヴィジョン、〝夢〟だ。

《テンポ一七》は四日間にわたって挑発的な低速航行と予期しない機動をくり返しながら、ようやくランデヴー・ポイントに到着した。

直径五百メートルで腹部に大穴が開いたメルツ型の一球型宇宙船が待っていた。メルツとは〝多目的〟を意味し、船体中央、赤道部のほぼぜんぶを占める長方形の穴は船がそのまま着艦してスタートできるロールオン・ロールオフ格納デッキ、略して〝ロロ〟と呼ばれる設備だった。ロロはモジュールやコンテナや荷物を積みおろしできるよう設計されている。テンポ型輸送艦とメルツ型宇宙船は同じ標準モジュールを使っているため、《テンポ一七》の直径はロロのサイズにぴったり合うようになっていて、箱形の部隊輸送艦は球型船の格納デッキにそのまま進入できる。

調整と進入機動にしばらく時間がかかるので、ヴァニはそのあいだにメルツ船の船体に書かれた文字を映像で見ることができた。

蛍光色で燦然と《オーディン》という船名が描かれている。銀河系の高官の旗艦だ。

ヴァニは軽い驚きをおぼえたが、それほど意外だとは思わなかった。四人たちが細胞活性装置保持者に引きわたされるのは予想の範囲内だ。

ヴァニはべつのことを考えはじめた。

新世代球型宇宙船のモジュール化設計は、じつはさほど新しいものではない。五百年前に建造された《バジス》も実質的に同じ原理で設計されている。十万個以上という多数のモジュールでできている……できていた……点が違うだけ、といったほうがいいかもしれない。《バジス》はもう存在しないと考えられているから。巨大な宇宙的カタストロフィのあと、百年戦争初期にハウリ人に破壊されたのだ。それが公式見解だった。

　ヴァニには独自の見解がある。

　それは〝夢〟のなかに記されていた。

　ヴァニは《バジス》とその乗員たちの真の運命は隠蔽《いんぺい》されたと考えていた。彼女が暴露したと信じている歴史改竄《かいざん》のひとつだ。

　ペリー・ローダンひきいる銀河系船団の十四隻がそのとき同時に破壊されたという話にも疑いを持っている。ペリー・ローダンと数名の仲間が生き証人としてあらわれたことで、いまやその疑いが裏づけられたことになる。

　なぜかれらの存在をここまで厳重に秘匿《ひとく》するのか？　ヴァニと〝ギンギン〟以外、四人の正体を知る者は《テンポ一七》には存在しない。

かれらは死んだものとされていて、存在してはならないのだ。かれらをどうするつもりだろう？　いつまでかくしておく気なのか？　このまま忘却のなかに沈めてしまうつもり？

それはなんとも恐ろしい考えで、ヴァニもそれ以上踏みこむつもりはなかった。彼女まで殺されてしまうかもしれないからではない。自分の命があぶないからといって考えを放棄する気はないし、〝グレイの参謀〟がそんな邪悪なことをするとは信じたくなかった。

歴史を改竄したからといって、死んだことにした者をあとからほんとうに殺す必要はないはず。

*

彼女がまだテラで歴史を学んでいたころ、ハンガイ銀河で失われた《バジス》と銀河系船団の運命を知り、すぐに矛盾点に気づいた。

ごく些《さ》細《さい》な点ではあったが、全体としては千年紀級の巨大なブラッフだった。

最初は嘘の網にほつれはないように見えた。すべてがぴったりと嚙み合っているように。四四九年元日に銀河評議会が出した報告書には、Xドアから連絡船が到着し、未知の相手に《バジス》が破壊されたとの情報がもたらされたことが記されていた。その座標に派遣された調査隊は、かつてのネーサンとテラの誇りだった宇宙船の破片をいくつか発見しただけだった。破片は証拠として回収され、一般公開された。

ヴァニは研究の過程で、自分が生まれる三年前、科学者たちの私的調査団が破片の調査を拒否されていたことを知った。拒否の理由は単純で、巨大コンピュータ・ネーサンが証拠を真正なものと認めたというものだ……ネーサンにまちがいはないから、と。

《バジス》の残骸を探しつづけていた調査隊は行方不明の銀河系船団も探索し、十四隻すべてがハンガイ銀河で破壊されたという〝確実な〟証拠を持ち帰った。

だが、くわしく調べてみると……三十年後ということもあって……この証拠は偽造だと判明した。事情を聞かれたベングエル、ジュアタフ・ロボット、ヴェンノク、カルタン人の各種族は口をそろえて、十四隻が破壊されるのを目撃したと話した。捕虜になった六名のハウリ人もカメラに向かって、十四隻の破壊に積極的に関与したと証言した。

ヴァニが最初に引っかかったのは十四隻という数だった。べつのもっと早い時期の資料には、銀河系船団に十五隻の宇宙船が所属していたと記されている。一隻の船名が抹消されているのだ。銀河系船団のリストから《アウリガ》が消えていた。その後の脚注に、《アウリガ》は連絡船として、破壊される前に銀河系船団からはなれた可能性がきわめて高いと記されていた。

だが、連絡船はどこに向かったのか？　現在は行方不明とされている。なるほどね！　ヴァニは《アウリガ》が実際に連絡のためスタートし、目的地であるテラに到着したのではないかと考えていた。だが、その事実は隠蔽されたのだ。

なんのために？

この問いはヴァニのなかで連鎖的にべつの疑問を引き起こした。ただ、それはいくつかの資料が偽造されたと彼女が確信したあとのことだ。

超越知性体エスタルトゥの復活を祝った惑星ナルナで巨大な宇宙的カタストロフィ前に起きたことはよく知られている。表向きはカルタン人やヴェンノクほか、ハンガイ銀河のカンサハリヤの代表種族から報告があったことになっている。だが、その情報は連絡船《アウリガ》がもたらしたものではないだろうか？

前述のとおり、エスタルトゥの復活に関する情報は充分にある。超越知性体はヘクサメロンから身を守るため意識を分散させ、その無数の断片をベングエルとジュアタフ・ロボットのなかにひそませた。ヴェンノクはこのふたつの意識媒体の触媒として働く。ベングエルとジュアタフ・ロボットがヴェンノクと出会うと、意識の断片が二重融合と呼ばれる現象を引き起こす。

この二重融合によってエスタルトゥの意識の断片を失うと、ベングエルは半知性体になり、ジュアタフは知性も意識もない単純なロボットになってしまう。それまで知性をあたえていたエスタルトゥの要素がなくなるのだから、これは理解できる。

だが、ベングエルとジュアタフ・ロボットが超越知性体エスタルトゥ復活の情報を提供したという話は納得できなかった。半知性体とおろかなロボットなのだ！　それをどう考えればいい？

ヴァニはそこに粗雑な欺瞞があると考えた。映像資料を研究し分析すればするほど、ベングエルとジュアタフの記録は合成だとの確信が深まる。だとすれば、ほかの記録も偽造かもしれない。

黒幕がだれで、なんのために記録を捏造したのかは不明だった。ただ、当時は銀河系首脳部への揺るぎない信頼があったため、かれらもだまされたのだろうと思っていた。

彼女はテラでそれなりの人脈を築いていたので、ガルブレイス・デイトンと面会するのもむずかしくはなかった。細胞活性装置保持者に証拠をしめすと、かれは手がかりを追って、事実なら真相を究明すると約束した。

その後数カ月はなにも起きなかった。つまり、デイトンからなにも連絡がなかった。ヴァニはかれを信用していたので、これは政府の機密事項で、在野の歴史研究者である彼女には教えられないのだろうと思っていた。

さらにはその年、四八五年には、銀河系に爆弾を落としたような大事件があり、彼女も関わることにしたため時間がなくなっていた。

その大事件とは、ハルト人が銀河系の出来ごとから身を引き、自主的に孤立する意向をしめしたことだった……ラール人危機のときそうしたように。恒星ハルタの宙域は封鎖宙域とされた。

ヴァニは衝動的に、ギャラクティカーとハルト人の仲介役をつとめることにした。これを理解するには、ヴァニが育ったエルミンドルの孤児院の〝養母〟がハルト人だったことを知っておく必要がある。名前はトロ・マラケトといい、ヴァニは幼いころからかれを養母とみなして、〝マラケトス〟との奇妙な愛憎関係を築いていた。ハルト人のほうも彼女に目をかけ、ときにきびしすぎるくらいきびしく育て、〝ヴァニティ・フェア〟という名前をつけて、彼女もそれを受け入れた……一方でかれはヴァニをテラに留学させ、ハルト人にとっては特別な名誉である〝マラケトス〟という呼び方を許した。マラケトスはヴァニにとってつねに偉大な、愛憎なかばする養母だった。だから惑星ハルタを訪れるのはとりわけ特別な日のためにとっておきたかった。

ハルト人が宇宙的な出来ごとから撤退すると宣言したいまこそが、まさにその日だと思えた。

　すでに述べたとおり、ヴァニはあらゆる伝手《つて》を利用して、仲介者としてハルト人のもとを訪れようとした。だが、その前に乗りこえられない壁が出現した。ハルタ宙域が封鎖されているのだ。ハルト人の意志を尊重するのは理解できるものの、わからないのはこの件に対するギャラクティカーの態度だった……説得らしい説得もせず、すぐにハルト人の決断を受け入れていたから。

　そしてハルト人が引きこもる前に戦闘があったことが明らかになった。

　この事実と銀河系上層部の不可解な行動から、ヴァニはハルト人が銀河系の出来ごとから身を引いた経過を最初から疑いはじめた。

ヴァニは真実がわかったと信じている。

彼女の真実は〝夢〟に記されている。すくなくとも一点で、〝夢〟はたしかに真実だった。銀河系のプロパガンダ・マシンがどれだけ気にいらないと思おうとも、ペリー・ローダンと仲間たちは死んでいない。この一事をもって大がかりな虚構は崩れ去るわけで、この四十二年間の歴史は書き換えられなくてはならない。

《バジス》の運命に関する話も真実ではありえない。テラの旗艦になにかがあって、なんらかの理由でそれを隠蔽しようとしたのだろう。

ハルト人が自発的に引きこもったという話も信じられなかった。〝夢〟に記された彼女の考える真実はこういうものだ。

惑星ハルトは〝電光〟に蹂躙《じゅうりん》され、燃えさかる地獄となって、ハルト人は生きのこっていない。衝撃の大きさを考えて、このことは一般には秘密にされている。無敵の強さを誇るハルト人が一撃で全滅したなら、銀河系のどこに〝電光〟から安全な場所がある？

ハルト人の運命がほんとうなら、それをかくそうとするのはある程度ヴァニにも理解できた。だが、それ以外の歴史の捏造には共感できない。

このおかしな事態が今後どうなるのか、彼女には予想がつかなかった。

今回、彼女は真実に肉薄していて、一歩たりとも退く気はない。

ヴァニの〝夢〟にはつづきがあった。

＊

四名の衛兵がキャビンにヴァニを迎えにきたとき、彼女はすでに胃に圧迫感をおぼえていた。連れていかれたのは《オーディン》の司令室に隣接する艦長のキャビンだった。そこで彼女はガルブレイス・デイトンと対面した。テラの防衛大臣であり、銀河戦争評議会のテラ代表であり、〝人形使い〟とも〝グレイの参謀〟とも呼ばれる歴史の改竄者だ。

だが、事態は〝ギンギン〟の予言とは異なる方向に進んだ。

デイトンはこんな言葉で彼女を迎えた。

「きみには謝らなくてはならない、ヴァニ。きみの指摘は多くの点で正しかったが、わたしはきみを嘘つきと糾弾《きゅうだん》し、大学での地位を失わせ、探知専門家としてペルセウス監視部隊に参加させることになった。すべてはきみを管理下に置くためだった。どうか謝罪を受け入れてもらいたい」

「どうしていまごろになって？」と、ヴァニ。

「きみを私的な記録係として雇いたい」デイトンが答えた。「きみは粘り強い調査で、かんたんには公けにできない秘密を知ることになった。きわめて慎重なあつかいが必要な秘密だ。正直にいおう。きみを雇うのはその美しい瞳のせいではなく、きみが知ったことをまだ人類に明かすわけにはいかないからだ。この地位にきみよりふさわしい人間がいるとは思えない」

ヴァニは驚きのあまり冷静さを失いそうになったが、かろうじて踏みとどまった。

「正直に話してくれたことは評価しますけど、結局、わたしが懸命に反対していたことにわたしを利用しようとしてると感じます……歴史データの改竄に」

「きみの意志に反することはさせないと約束する」と、ディトン。「わたしのそばで状況を独自に評価してもらいたいのだ。あらゆる可能性を検討し、なにをすべきかをきみ自身で決めるということ。死んだはずの者たちがあらわれたことで、わたしは……われわれ全員が……大きなジレンマに直面している。もしよければ、きみからも助言をもらいたい」

ヴァニは〝銀河系のグレイの参謀〟を無条件で信用したわけではなかったが、その提案は彼女がずっと望んでいたものだった。

「同意するか？」

「同意するわ」

9 死者の語り

ペリー・ローダンはガルブレイス・デイトンにどう接していいのかわからなかった。相反する感情の狭間《はざま》で、どちらにも決めることができない。対面にそなえる時間は充分にあった。デイトンがヴィジフォンで連絡してきて、画面ごしに挨拶を交わしていたから。ローダンはそのときすでにふたりのあいだの隔たりを感じていた。物理的な距離だけでなく……かれらは異なる世界、異なる時代に属していた。

「驚かせてくれたな、ガル」

ローダンはすっかりうろたえていて、予期しない状況にも瞬時に対応する〝瞬間切り替えスイッチ内蔵〟の面影はない。

さまざまな事情にもかかわらず、《オーディン》の司令室に隣接するキャビンで面と向かって友と顔を合わせたとき、かれはデイトンを抱きしめたいという衝動に駆られた。

だが、内なる声がこういった。〝われわれのあつかいについて、責任をとるべき者がだれかいるはずだ〟

　そう、だからふたりは顔を見合わせながら、なお世界を隔てて立っている。

　デイトンのほうも、これほど長く会えなかった友との再会にふさわしい親愛の情を態度に出すことができなかった。ふたりのあいだの距離感、疑念、罪悪感という氷はかんたんに溶けるものではない。

「生きているあなたを目の前にできてうれしい、ペリー」デイトンは思わず両腕をひろげ、ローダンに近づいていた。ふたりの細胞活性装置保持者はたがいに抱きしめ合った。デイトンが震えがちな声でいう。「また会えてほんとうに、心からうれしく思います」

かれは一歩後退した。「信じられない。銀河系船団は全滅したと思っていました。あなたも死んだものと。銀河系全体があなたを悼んだもの。ほかの者たちも生きているというのはほんとうですか？　アトラン、ティフ……」

「報告は読んだろう、ガル」ローダンの口調は意図した以上に冷たかった。友に向ける声ではない。だが、かれは強いて距離をとらなくてはならなかった。ひどいあつかいを受けたせいではない。それはデイトンの責任ではないから。親密になりすぎることで生じる結果が問題なのだ。

　タイム・パラドックスが起きる可能性はつねに考えていなくてはならない。受動的な態度から踏み出すわけにはいかなかった。積極的な行動は許されないのだ。また、だれかに影響をあたえることも避けなくてはならない……デイトンと敵対することも。まるで透明人間のように、思弁的な意味で非実体化している必要があった。当然ながら、正しくバランスをとるのはかんたんなことではない。

「また会えてほんとうによろこんでいることは信じてください、ペリー」デイトンがいった。「ジェフリーやホーマーや、そのほか旧知の者たちは全員、あなたがあらわれたと聞いて同じようによろこんでいます。適切な歓迎ではなかったかもしれませんが、われわれ、あなたが生きていてほんとうによかったと思っています」

「それで、そのよろこびをすなおにあらわすのを妨げているものはなんだ？」ローダンが詰問する。「きみは口にしないが、大書された〝しかし〟を目の前に突きつけられている気分だ」

デイトンはこれ見よがしにため息をついた。

「近年、大変動があったんです。あなたの話が事実なら、当然知らないでしょうが」そのあと急いでつけくわえる。「あなたの話がおおむね事実だということはわかっています。いくつか辻褄《つじつま》が合わない点はありますが、そこは無視しましょう。ハンガイ銀河最後のクオーターの転移で発生した巨大な宇宙的カタストロフィで、局部銀河群は大混乱です。かつて人類を指導した超越知性体〝それ〟は、あれ以来生きているのかどうかも不明です。ハウリ人は銀河系やほかの銀河に戦争をもたらし、さらには遠方の未知の宇宙領域から異人がカタストロフィの現場にあらわれ、創造主のようにふるまっています。宇宙のこの領域に平穏と秩序をもたらすためと称して、かれらのいう〝強制的平和〟を押しつけてきているんです。われわれの力では実現できないのが明らかだから、と。われわれはその父権的支配に決然と反抗しましたが、向こうは自分たちの意図をはっきりと知らせるため、〝電光〟の一撃で世界を丸ごと崩壊させています。われわれ、こうした数々のきびしい試練で存在が脅かされています。すでにいくつか情報は得ていると思いますが、訊いてくれればなんでも教えましょう」

「まるで謝罪のような長広舌《ちょうこうぜつ》だな」と、ローダン。

「謝罪のつもりでしたから」ディトンはそういったあとローダンの怪訝そうな視線に気づき、こうつけくわえた。「あなたたちを武装した敵のようにあつかい、敵ではないとわかったあとも信じようとしなかったことについてです。言いわけさせてもらえるなら、われわれ、生死をかけた戦いをしていて、弱みを見せるわけにはいかなかったんです。それに、あなたも完全に正直だったわけではない。不信の種を蒔《ま》いたのはたしかでしょう」

「もうすこしくわしく説明してもらいたい」と、ローダン。「きみたちはわれわれがそちらの不興を買うチャンスさえあたえなかった。われわれは捕らえられ、拘束され、わけがわからないまま放置された。同族を相手にしていることさえ教えられなかった」

「その点は謝罪します。ただ、あなたもわれわれに嘘をついた。なぜです？」

「話したとおりだ。われわれ、停滞フィールドで四十二年間すごしていた」

「それはほんとうでしょう。ただ、明らかな嘘がひとつありました。ほかの船のポジションです。あなたの情報を確認するため、偵察艦をポイント・シラグサに派遣しました。数時間前にハイパー通信で報告が入ったところです」

短い間があった。ローダンはすぐに答えることもできたが、わざとなにもいわなかった。デイトンに駆け引きだと思わせたかったから。

「当然、口裏は合わせている」と、ローダン。「銀河系船団のポジションは欺瞞だ。ペルセウス・ブラックホールでは、相手が友だとは思えなかったから。ここだけの話、ガル、十四隻のほんとうの位置を知っているのはわたしだけだ。ほかの者たちにはわざとまちがった情報をあたえてある。見方を変えれば、これでだれかがうっかり口を滑らせても安心だ。必要な自己防衛だった」

「そのせいで状況がずいぶん違って見えてきます」

「多少は違うだろうな」ローダンがいう。「だが、まだ完全には満足できない。われわれの身元が明らかになったあとも、なお敵のようにあつかわれたという事実はのこる」

「それは全体状況から説明できます、ペリー」デイトンはまたため息をついた。「悲しいとは思いませんか？　こうして長い時を隔てて再会できたのに、たがいに駆け引きをくり返している。これ以上は耐えられません。率直にいいましょう。すわってください」

ローダンは誘いに応じて、多孔質で柔らかくない素材の、灰の色をしたクッションを敷いた長椅子に腰をおろした。

デイトンがその向かいにすわる。

「率直にいいましょう」かれはもう一度くり返し、顔をしかめた。「あなたたちを引きとめたのは、真実をどう話せばいいか迷っていたからです。もう心は決めましたが、いい気分ではありません。真実は、銀河系船団の十四隻に乗っていたあなたたちは、全員が死んだことになっているというものです。その奇蹟的な復活はきわめて都合が悪い。個人的には、あなたたちが生きていたのはよろこびです。ですが、銀河系の政治にとっては、あなたたちの突然の出現は困ったことなのです」

「よくわからないな」ローダンは驚いていた。「もうすこしくわしく説明してくれないか？　われわれ、銀河系で歓迎されないようなことをなにかしたのか？　長らく停滞フィールドにいたせいで思考が鈍って、事情が理解できないのだろうか？」

デイトンはゆっくりと首を横に振った。

「あなたたちが悪いなどとはだれもいっていません。たしかに、あなたたちがハンガイ銀河の転移に関わったせいで構造震動というカタストロフィが起きたとして、糾弾する声はありました。その種のネガティヴなプロパガンダはすべて芽のうちに摘みとりましたが。ただ、あなたたちはその犠牲的な死によってヒーローに、銀河系の住民にとっての殉教者となり、あらゆる圧力を跳ね返して生きのびようとする力をかれらにあたえたのです。そのように仕向けたわたしを個人的に責めるのはかまいませんが……神よ、ほかにどんな選択肢があったというんです！　あなたたちは行方不明になり、どれほど捜索しても生存をしめす手がかりは見つからなかった。必要に迫られたわれわれは、耐え抜くためのスローガンにあなたたちを利用しました。恥知らずだと思うかもしれません。その非難は甘んじて受けましょう。このプロパガンダは銀河系のためになりました」

　ローダンはデイトンの説明を聞きながら何度もうなずいた。たしかに腹立たしい話だ。そこから引き出すべき結論はひとつだったから。だが、実際には、かれが腹を立てる理由はなかった。状況を見るかぎり、それはじつに適切な手段だった。

「わたしの理解が正しければ、われわれは生きているよりも死んでいたほうがきみの役にたてるわけだ」ローダンが淡々という。「死んだと思われているほうが、つまり公衆の面前に姿をあらわさないほうが、人類とギャラクティカムにとっては都合がいい」

「いまのギャラクティカムは史上最強です」デイトンが不安そうにいう。「それが虚偽の上に築かれたものだと発覚したら、われわれは信用を失い、すべては瓦《が》解《かい》するでしょう。理解できますか、ペリー？」

「もちろん理解できる」ローダンは確認するようにうなずいた。「完全に理解している。われわれは死んだと思われつづけることが重要だ。きみの戦略を支援する準備はできている」

デイトンは信じられないという目でかれを見た。

「からかっているんですか、ペリー？」

「とんでもない……いったとおりの意味だ」ローダンはできるだけ真摯な表情でそういった。むずかしいことではない。本気だったから。

つまりこういうことだ。公衆の前に出ていくことができないなら、意図せず時代の運命に干渉してしまうこともないはず。タイム・パラドックスを発生させる危険がちいさくなるということ。

「真剣な話だ、ガル」と、力強く断言する。「きみが善意から行動したことを認め、できるかぎり支援しよう。ほかの者たちにもそうさせると約束する」

デイトンは飛びあがり、ローダンの両手を温かく、友情をこめて握りしめた。いかにもほっとした表情だ。

「グッキーやトロトたちもすぐに釈放させます」そういって、急ぎ足でヴィジフォンに向かう。

「そもそもこんなに長く閉じこめておく必要があったのか？」ローダンはやや憤然とし

てたずねた。

「それもすぐに終わります」ディトンは振り向きもせずにいい、短い通話を終えると、さらにべつの相手と話をした。振り向いたとき、その顔にはおちついた笑みがあった。

「紹介したい者がいます。この戦略のせいでわたしを悪党あつかいしたものの、あなたの理解ある協力を得たことで、また信頼してくれるはずの者です」

妙齢の女性が入ってきた。細身だが女性的な体形で、短く刈りこんだ赤毛が柔らかくウェーヴしている。ローダンは思わずゲシールのことを考えた。そこには下心もなくはなかった。

この女性に惹かれているのだ。そう思って罪悪感をおぼえる。彼女には秘められた性的魅力としかいいようのないものがあった。認めるしかないだろう、老いた青年よ。

ディトンは彼女をヴァニティ・フェアと紹介したが、ローダンはその名前の皮肉な二重の意味に気づかなかった。

「あなたは生きていると、ずっと信じていました」ヴァニが幽霊を見るような目でローダンを見ながらいった。

警報が鳴りだしたとき、ローダンはほっとしたくらいだった。神経に堪える咆哮が出会いの奇妙な魔法を暴力的に打ち砕く。

ハッチがスライドして開き、衛兵が入ってきた。

「プシ・プレッサーから解放したとたん、ネズミが脱走しました」

ローダンはすぐには意味がわからなかった。デイトンがきびしい手振りで衛兵をたしなめ、こう命じる。

「防御バリアを張れ！　《オーディン》からジャンプできないようにするのだ！　艦はウェスンドⅢの周回軌道上にとどめておけ」

　そのあとローダンに向きなおる。

「グッキーがテレポーテーションで脱走しました。われわれ、ヴェガ宙域近くの基地に向かっていましたが、いまそのリスクは冒せません。グッキーの脱走がなにを意味するか教えてくれますか、ペリー？」

「ネズミ＝ビーバーがなにを考えているのかはわからない」実際、かれにはわからなかった。ただ、非常にまずいタイミングだったのはたしかだ。ようやくデイトンと合意したばかりだというのに。ローダンはジョークで場をなごませようとした。「グッキーはネズミ呼ばわりされるのが気にいらないだろうな」ジョークが受けないので、こうつけくわえる。「ちょっとした行き違いにすぎないだろう。すぐに誤解は解けるはず」

「そう願いたいですな」デイトンが不吉な声でいう。

芽生えかけていた友好的な雰囲気はすっかり消え失せていた。

＊

ネズミ＝ビーバー狩りがつづくなか、ローダンの仲間たちが次々に到着した。だれもが多かれすくなかれ消耗しているようだ。いちばん元気そうなのはイホ・トロトだった。デイトンのキャビンに最初に入ってきたのもかれだった。戦闘服を剝ぎとられ、からだに合うコンビネーションがないので全身をおおうゆったりしたローブを身につけたかれは、いかにもグロテスクに見えた。

もと太陽系元帥にしてもと第一感情エンジニアの姿を見たトロトは歓喜の叫びをあげて突進し、相手を胸で押しつぶしそうになった。だが、同行していた四名の衛兵がパラライザーをかれに向けていることに気づき、すぐに自制する。

「だいじょうぶだ、再会をよろこんだだけだ」ハルト人は不機嫌そうなトレモロで、なだめるようにいった。

次に入ってきたのはレジナルド・ブルだった。デイトンを見て目が飛び出しそうになっている。たぶん炎の公爵のようなものを予期していたのだろうが、艦長のシートにいたのは旧友だったのだ。

「ハロー、ブリー！」デイトンが事務的に挨拶する。「話はペリーから聞いてください。すまないが、わたしは忙しいので」

エイレーネはコヴァル・インガードといっしょにやってきた。コヴァルはとまどったようすでおどおどとあたりを見まわしている。エイレーネに手を引かれていて、状況がわかっていないようだ。混乱をよそおっているわけでないことはその目を見ればわかる。

　ローダンはかれにすまない気分で、これほど悪影響のあるヒュプノ学習を施した自分を責めた。だが、本来無害なはずの手段がここまでひどく害になると、どうしてわかるはずがある？　そもそも……ほかにどんな手があった？

　エイレーネにとってガルブレイス・デイトンは知らない他人だ。直接会ったことはなく、銀河系に関する資料のなかで名前を見たことがあるだけ。その銀河系にも、彼女はこれまで一度も足を踏み入れたことがなかった。

　最後にデイトンのキャビンに入ってきたのはベオドゥだった。かれはローダンを見るなり興奮して叫んだ。

「やっと会えた、ワキアン。死と忘却について恐ろしい夢を見て、ぜひあなたに話さなければと……」

「あとにしろ、ベオドゥ」ローダンは相手の言葉をさえぎった。アッタヴェンノクの態度が少々大げさすぎると感じたのだ。「いまはべつの問題がある。グッキーが未知の原因で狂乱して、脱走してしまった」

「それでこの騒ぎってことですかい」ブルがうめくようにいう。「グッキーがこの連中をしばらく忙しくさせてくれるといいんですが。ひどいあつかいをした報いってもんです」

　ディトンはかれにとがめるような目を向けた。息をととのえ、きまり悪そうに謝罪を口にしたあと、こうつけくわえる。「埋め合わせはすると約束しましょう」

「この人がよく話に聞いた、あなたが高く評価してる人だとは思えないわ、ペリー」エイレーネが父親にいう。

「ずっと昔までさかのぼる話なんだ」ローダンはそういいながら、キャビンの奥にうつしだされているホロ映像を見つめた。ディトンの意図はグッキー狩りの状況をしめすだけでなく、かれの組織がいかに完璧に捕獲の網を絞っていくかを見せることにもあるようだ。

「グッキーを捕まえたら皮を剝ぐのか？」ブルがディトンにも聞こえるように大声でいう。

「ガルを挑発するな」ローダンはかれをなだめた。「それでなくても、われわれがいて辛い時間をすごしているんだ」

「われわれがいて？」

「わたしが知ったことをきみも知ったら、もっと理解できるようになる。ここであったことは忘れて協力すべきだ。いまはわれわれの時代ではない。帰郷を熱烈に歓迎されると思ってはいけないだろう」いったん言葉を切り、ブリーたちがかくされた真意を読みとってくれることを期待して先をつづける。「われわれは重要でもなんでもなく、なにもできないし、なにかを変化させることもできない。なにごとにも関わらないのがいちばんいいんだ」

ブルがうなずいて理解をしめす。イホ・トロトがホロ映像から目をはなさずにいった。

「ちびは捜索隊を忙しくさせている。わかるか？　捜索隊は携帯装置でミュータントを追跡している。とてもよくやっているが、発見はできていない。ちびがかれらの鼻面《はなづら》を引きまわしているのだ」

ブル同様ハルト人も、そんなコメントでデイトンをからかうのを楽しんでいた。あんなあつかいを受けたあとだけに、かれらを責めることはできない。

だが、デイトンには冗談ごとではなかった。振り向いてこういう。

「グッキーがまだ《オーディン》にいるなら、すぐに発見できます」

「ほかにどこにいると？」と、ブル。

「ここは基地がある惑星の周回軌道上だ」ローダンがいった。

ブルが口笛を吹き、イホ・トロトは雷鳴のような笑い声をあげた。

「わかった、捜索は中止だ」デイトンがいう。ブルたちはかれに期待の目を向けた。

「グッキーはきみの手を逃れたわけだ、ガル」ブルが希望に満ちた声でいう。

「そんなにおもしろいことですかね」ディトンは渋い顔で鋭くかれを見た。「グッキーはこちらが防御バリアを展開する前にウェスンドの惑星上にジャンプしたと考えられる。だが、これでかれは危険な状況に追いこまれたことになります。この基地惑星は厳重に立ち入りが規制された軍事エリアだ。かれがなにかまちがいをおかしたら、命に関わることになる」

ディトンは明らかに真剣だった。ブルもそれに気づいたようで、それ以上からかうようなことは口にしなかった。

「まずいことになりそうだ」ローダンはつぶやいた。もしグッキーが見知らぬ人々とその思考にとりかこまれ……慣れ親しんだものすべてから切りはなされたら、どうなってしまうだろうか。

10 幕間V 思考のカオス

静寂が決壊した。

突然、思考が洪水のように、久々にかれの精神にあふれかえった。その思考は……静寂におちいる前から見てさえ……長らく感じたことのないものだった。攻撃的で憎しみに満ちた、不快で破壊的な思考だ。

〈このネズミは……解放するのではなく焼いてメニューにくわえるべき……〝人形使い〟はこの齧歯《げっし》類をプシ・プレッサーから解放しろと命じたとき、カンタロに乗っとられていたにちがいない……〉

〝グッキーはネズミ呼ばわりされるのが気にいらないだろう〟というローダンの言葉はさほど的はずれではなかったようだ。ネズミ＝ビーバーはここから唯一の結論を引き出した……この連中は自分に害意を持っている。

グッキーは独房のハッチが開いて看守が入ってくるまで待ってなどいなかった。かれらの考えを読んだだけで、プシ・プレッサーが停止したことはわかったから。

なにも考えずに五十メートルほどテレポーテーションする。その程度で真空中に出るとは思えなかった。思考源も目印になった。思考を読んで、その方向にジャンプしたのだ。どこに出るかはどうでもよかった。重要なのは独房から充分にはなれることだ。

もちろん、独房がからっぽだとわかったらすぐに警報が鳴りだすだろう。囚人を再捕獲するため、あらゆる保安手段が作動するはず。ミュータントを探知して捕まえる手段もあるに決まっていた。そうでなければ《ハルタ》でかんたんに無力化されたはずがない。

グッキーはそのことを恥じていた。プライドが傷ついたのだ。だが、恥じ入って怒るのはあとでいい。

出現したのはだれもいない通廊で、左右に五メートル間隔で交互にハッチがならんでいた。ハッチの向こうのキャビンからは夢みる者のしずかで平和なインパルスが伝わってくる。心のなかに故郷で友たちとすごす休暇が思い浮かんだ。

この思考は夢を見ている人類のものだ！

この宇宙船にいる敵が人類だとは予想していなかった。ショックは受けたが、それにのまれたりはしない。いまは行動して、安全を確保すべきだ。

すぐに決断し、キャビン内にテレポーテーション。時間はあまりない。裸で寝台に寝ていた男をテレキネシスで持ちあげ、そのまま落として目ざめさせる。

「ミュータントが逃げたらなにが起きる？」グッキーは朦朧《もうろう》としている男にたずねた。

男がもごもごとなにかいった。現実なのか夢のつづきなのかわかっていないようだ。その混乱は思考にも反映されていたが、それでもネズミ＝ビーバーは重要なヒントを得ることができた。

〈〝ネズミが逃げたら……警報！　防御バリアを張る……ネズミを船外に逃がすことはできない……基地に到着するまで……テレポーターは……ウェスンドⅢに行かせてはならない……〟〉

それだけ聞けば充分だ。男は明らかに非番で待機中だった。キャビンの壁には耐真空戦闘服がかかっていて、いつでも使用できる。グッキーはそのなかにテレポーテーションし、通廊にもどってすべての接合面を閉じた。生命維持システムが自動的に作動するのを確認する。

そのあと五キロメートルの距離をテレポーテーション。

出たのは宇宙空間だった。

背後には不恰好な箱形の物体に貫かれたような球型宇宙船が見えた。球型船の船体には蛍光文字で《オーディン》と記されている。だが、それはすぐに見えなくなった。船がいきなりきらめくエネルギー・フィールドにつつまれたのだ。

あぶなかった、とグッキーは思い、ほっと息をついた。

頭上には巨大な天体がかかっている。ちょうど〝日の出〟が見られたが、惑星大気を色の全スペクトルで染めあげる光輪を鑑賞している余裕はなかった。

とにかく惑星には大気があるということ。たぶんあれがウェスンドⅢで、人類が基地を置いている以上、まずまちがいなく酸素惑星だろう。

グッキーは力を集めて惑星表面にテレポーテーションした。

着いたのは有毒ガス大気の嵐のなかだった。距離の判断を誤ったようで、地表のはるか上、渦巻くガスのなかに出てしまった。

盗んだセラン防護服の自動システムがグラヴォ・パックのスイッチを入れ、落下速度をゆるめる。

セランの機能を把握するのはかんたんだった。スイッチの配置や機能はグッキーが以前使っていたものにくらべ、わずかな違いしかなかったから。驚くようなことではない。このセランはグッキーが慣れ親しんだモデルをすこし進化させたものなのだ。ただ、サイズは大きすぎた。

グッキーはあらためて敵が人類であることを実感した。ネズミ＝ビーバーが〝ネズミ〟と呼ばれるなんて、どういう時代なんだ？

有毒ガス大気のなかをグラヴォ飛翔する。セランの生命維持システムの支援なしに生きのびるには基地を見つけるしかない。

それは思ったよりもかんたんだった。

受信機のスイッチを入れると自動的に周波数が走査され、雑音に混じって暗号化された通信が聞こえてきた。通信内容が知りたいわけではなく発信源がわかればいいので、それで充分だ。

受信したインパルスから方角と距離がわかった。もう一度……二千キロメートル以上……テレポーテーションして目的地に到着。

靄《もや》が渦巻く大気のなかにブンカーのような建物群の輪郭が見えた。大きさはよくわからないが、大きいのはまちがいない。流れる雲の切れ間からときおり、停泊している二隻の球型宇宙船が見えた。どちらも直径六十メートルくらいとややちいさめで、昔のコルヴェットに相当するだろう。

当面、テレパシーによる探知はしないことにした。とにかくこの毒ガスのなかから抜け出してセランを脱ぎ、自由に息がしたい。グッキーは〝居心地がよくて暖かい部屋〟という夢を見ていた。

かれはすばやくいちばん近いブンカーにテレポーテーションした。

*

グッキーの夢がいかに都合のいいものだったのかは実体化した瞬間に明らかになった。

そこは天井の低い、ひろくてからっぽのホールだった。床の上にベトンのブロックがいくつか固定されているだけだ。ブロックには的のようなものが描いてあり、ななめになった上部に半球形の構造物が設置されていた。

突然、グリーンのビームがグッキーに照射された。無害でなにも感じないものの、かれは数メートルテレポーテーションした。

それがさいわいした。次の瞬間、かれがいた場所に赤いビームが照射されたかと思うと、爆発が起きた。

「命中！」スピーカーから声がしたが、グッキーはなんの思考も感じとれなかった。

「カンタロを撃破！」

その声がまだ消えもしないうちに、またしてもグリーンのビームがグッキーに照射された。つづく赤い破壊ビームを避けるため、ジャンプしてもとの位置にもどる。爆発の痕跡はなく、たんなるプロジェクションだったようだ。

「命中！」またスピーカーから声がしたが、すぐに訂正が入った。「表示が違う！　システムのエラーだ！」

「ちょっと、シミュレーターはどうしちゃったのよ」べつの声が聞こえた。マシンの合成音ではなく、女の声だ。

「ローニー、あなたがいたずらしてるんじゃないの？」

グッキーはテレパシーで聞き耳を立て、ホールの壁の向こう、二百メートルほどはなれた位置にいる女の思考をのぞいた。

〈カンタロをつづけざまに倒したのに、命中率はゼロのまま……生物がシミュレーターのなかに入りこんで、システムを狂わせてるとしか思えない。これだからローニーのくそ野郎は……〉

グッキーの時代には女性があたりまえのように悪態をつくことはなかった。だが、いまはそんなことを気にしている場合ではない。〝ローニー〟がスピーカーごしにこういったのだ。

「愛しいギンダ、ぼくはなにもしてない。だが、お楽しみをじゃましてるやつがいるのはたしかだ。おちつけ。すぐに捕まえてやる」

グッキーは天性の好奇心に感謝した。おかげでローニーに見つかって捕まることはなさそうだ。かれの思考を探ってみると、ぎりぎりで思考の断片をとらえることができた。

〈……ぼくたちじゃない。なにか妙なものが侵入したんだ。シミュレーターが狂ったのも無理はない……ほんもののカンタロの侵入だとしたら！　なんて皮肉なんだ。とにかくそいつを消さないと……〉

グッキーは即座にシミュレーター・ホールから、ローニーとギンダの思考が感じられるほうにテレポーテーションした。直後に背後が炎の地獄になる。こんどはシミュレーションではなかった。

出たところはゲーム・アーケードを思わせる場所だった。ホロプロジェクターつきの砲塔をそなえたブースがならんでいる。緊急事態シミュレーション室だ。いるのはふたりだけだった。

「頭がおかしくなったの、ローニー」―ブースから女の声がした。「どうして実弾を撃ちこんでるのよ？」

「なにかの生命体がかくれてるからだ」ふたつはなれたブースから男が答える。「〝はずれ〟の信号しか返ってこない。そいつはまだそこにいるか、あるいは……」

「ここにいるよ！」グッキーが大声でいった。

ふたりはさっと振り返り、シミュレーター・ヘルメットをむしりとると突進してきた。グッキーを見るとまるで命令されたかのように、電光のようにすばやくわきの下のホルスターに入ったブラスターに手をのばす。

だが、その動きは途中で麻痺したようにとまった。グッキーがテレキネシスで押さえこんだのだ。

「射撃はもういいよ、きみたち。先にほかの話をしよう。黙っててもいいぜ。ぼくが質問すれば、それで充分なんだ。答えは考えを読むからさ。かくしとおせるかどうかやってみるかい？」

ふたりは憎しみにゆがんだ顔でかれを見つめていた。どちらも同じことを考えている。シミュレーターを正しく終了させず、そのあと指示どおりサイン・アウトしなかったら、衛兵が駆けつけてくるはず……

「もちろん、まず規則どおりにやってもらうさ」グッキーがかれらをテレキネシスで拘束したままいう。「そのあとじゃまされずに話ができる、しずかな場所を探せばいいかんね」

一瞬力が抜け、ネズミ＝ビーバーはできるだけ早く休息をとる必要を感じて、超能力を最大限に発揮した。

11

ハッピーエンド

「われわれ、また友になれると思いませんか、ペリー？」ガルブレイス・デイトンがいった。三人は宇宙レンズに押しこまれて基地惑星ウェスンドⅢに向かっている。

「もう友ではないというのか？」ローダンがヴァニの頭ごしにたずねた。彼女はふたりのあいだのちいさな補助席に窮屈そうにおさまっている。

「いいたいことはわかるでしょう」と、デイトン。「われわれのあいだには一種の不一致があって、それはひとことでいいあらわせます。不信感です。ですが、それは解消できるはず。おたがいにもっとオープンになれば」

デイトンが暗に示唆《しさ》しているのは銀河系船団の座標だった。感情エンジニアであるかれにはローダンがなにかをかくしていることがわかっていた。

「だれが最初に行く？」ローダンがいった。

驚いたことに、デイトンではなくヴァニが答えた。機先を制してすばやくこういったのだ。

「大臣が……ガルが行くべきです。信頼を得るためにはガルがあなたの要請を受け入れ、ウェスンド基地に連れてきたというかたちをとるのがいちばんです」

　ローダンは全面的に賛成ではなかったが、彼女の意見に異は唱えないことにした。

　小型レンズは大気圏上層に突入し、ディトンが通信コードを送った。すぐに一連の口笛のような信号が返ってきた。

「軍事基地周辺では音声通信を抑止しています」ディトンが申しわけなさそうにいう。

「通過が許可されました」

　きみ以外のだれが許可を出せるというんだ！　ローダンはそう思った。

　レンズは嵐のなかでもほとんど震動せず、見たところ直線コースを進んでいた。

　ローダンは視界のすみからヴァニが自分を見つめていることに気づいた。彼女が話しかけてくる。

「あなたの時代のことは報告書でしか知りませんけど、あんな体験ができてうらやましいです。いまではあなたのころのような自由で規制のない生活なんて望めませんから」

「いずれまたできるようになる」ディトンがむっつりといった。「ギャラクティカーは以前と同じ安全と生活の質をきっととりもどす。それ以上のものをだ。銀河系を封鎖してしまえば」

　ローダンはその言葉にたじろいだ。これが〝銀河系の支配者〟と〝密閉障壁〟の正体なのか？

「わたしの時代ときみの時代をくらべることはできない。わたしはきみの時代を知らないから」ローダンはそう答え、話題を変えた。「きみの名前は風変わりだな。ヴァニティ・フェアとは。その意味を知っているのか？」

ヴァニは微笑した。

「もちろん。わたしは子供にしてはとても見栄っ張りだったそうだから、全然不適切ではなかったみたい。名づけてくれたのはイホ・トロトみたいなハルト人です」

ヴァニは急に唇を噛んだ。思わずまちがったことをいってしまった、あるいはしゃべりすぎたと思ったかのように。〝イホ・トロトみたいなハルト人〟とはどういう意味だろう？　ハルト人はだれでもイホ・トロトのようだが。

ふたりとも黙りこんだまま、レンズは地下格納庫に到着した。

「ここからが肝心です」せまい艇内から這い出るとデイトンがいった。「グッキーをなんとかできると思いますか？」

ローダンは憤然となった。

「なにをばかな！　ちびは暴走しているわけではない！」

デイトンは肩をすくめた。

「どうでしょうか。プシ・プレッサーに長時間さらされた影響があるのかもしれません。

あれはストーカーのプシ・プレッサーにすこし手を入れたものなのですが、知っていましたか?」

「ここでなにをしているのか、いずれ教えてもらえるのか?」ローダンがいらだたしげにたずねる。

「すぐに状況報告書が見られます。もう着いたようなものですよ」デイトンが答えた。

*

グッキーはまずい状況におちいったようだった。

ネズミ=ビーバーは《オーディン》が警報を発してバリアを展開する前に脱出し、基地にもぐりこんだ。射撃訓練場に入りこんで発見されたが、ふたりを人質にして基地内を逃げまわり、とうとうプシ・パワーがつきて、それ以上テレポーテーションできなくなった。かれは使われていない格納庫に追い詰められ、人質ふたりを楯にして立てこもった。

かれは包囲され、数十の銃口を向けられ、ボタンのひと押しで超能力を無力化するプレッサー・フィールドに囚われる寸前だった。

ネズミ=ビーバーをそんな運命から救ったのはローダンの介入とデイトンの〝寛容〟だった。

「近づいたら人質二名を殺すとイルトは脅迫しています」捜索隊のチーフ、ヒデッカーという男が報告した。「脅しに屈する気はありませんが、上からの命令で手を縛られているんです」

「イルトを説得して降伏させるチャンスはある」デイトンがほとんど申しわけなさそうに、懸命にローダンのほうを見ないようにしながらいった。「この男はその専門家だ」

ヒデッカーはローダンに疑わしげな目を向けた。

「ミュータント・ハンターですか？」

「そんなようなものだ」ローダンが皮肉っぽくいう。「おびえているミュータントのカウンセラーだな。それで……イルトのところに行っていいか？」

ローダンは人々の前でグッキーの名前を出すのはまずいことを思い出した。デイトンにさんざんいわれ、別人になりすますと約束したのだ。かれらの存在を知らないほうがいい者たちと、これから接することになるだろうから。

「ヒデッカーが案内します。合意事項を忘れないように」と、デイトンが念を押す。

ヒデッカーが顎でついてこいというしぐさをした。ヴァニが衝動的にローダンの腕をつかみ、かれがとまどうほど温かい口調でいった。

「どうか気をつけて」

「ネズミ＝ビーバーを手なずけてくる」

「なんのことだ？」ヒデッカーが歩きながらたずねた。

「イルトだ」

「なるほど」ヒデッカーはひろい肩をすくめた。コンビネーションの薄い生地がぴんと張りつめている。「おもしろいと思わないか？ イルトはとっくに絶滅したと思われているのに、だれもがその名称を知っている。その理由はただひとつ、一イルトが英雄的に死んだからだ。われわれが抑留しているクローンをカンタロがどうやってつくりだしたのか、ぜひ知りたいものだ。どこでもとの遺伝物質を手に入れたんだろう？」

謎めいたカンタロも遺伝子工学を熟知しているのだろうか？ ローダンはこの時代について、まだまだ知るべきことが多いと実感した。だが、ヒデッカーのような者たちに疑念を引き起こすような質問はしないほうがいいだろう。

「連中がミュータントを送りこんできたのは久しぶりだ」ヒデッカーはぶつぶつつぶやいている。「二十年ものあいだ、なにもしてこなかったのに。でも、やつらはこういったんだ。〝われわれはもどってくる。きみたちが自宅をきれいにしていなかったら、われわれが清掃する〟と。くるならこい。びっくりさせてやる……」

「失礼」ローダンはかれの言葉をさえぎった。「任務に集中したいのだが」

「わかった。もうすぐそこだ」

搬送ベルトでトンネルをいくつか通過し、反重力リフトを二度使った。下降して、上昇して、予備部品倉庫をふたつ通り抜ける。この比較的長い距離をもっとかんたんに踏破する方法はないのかと不思議に思ったが、たぶんヒデッカーは自分の体力を誇示したかったのだろう。足早にずんずん歩いていき、ローダンは小走りにならなくてはならなかった。

やがて最初の衛兵に出会った。四人が退屈そうに可動式装置のまわりにすわって、なにかをつついている。ヒデッカーを見ると立ちあがり、姿勢を正した。ヒデッカーは軽く片手を振って楽な姿勢をとらせた。

ヒデッカーが黙りこんで以来、ローダンはずっとグッキーのことを強く考えつづけていたが、これまでのところなんの反応もなかった。かれ自身弱いテレパシーがあるので、グッキーが思念を送ってくれれば、かすかでもエコーを感じるはず。どうやらネズミ＝ビーバーはそれさえできないくらい弱っているようだ。

ヒデッカーがローダンを手招きし、装置のコンソールの上に平面ホログラムを表示させた。この先の区画のマップだった。目の前の通廊を三十メートルほど行った先の突き当たりに、グッキーが人質をとって立てこもっている格納庫がある。

「これが状況マップだ。どう進めたい？」

「まっすぐ進むだけだ」ローダンは力づけるような思念をグッキーに送りつづけながら答えた。「直接現場に乗りこむ」

「ひとりで、丸腰でというわけにはいかない！」

「ひとりでいい。必要なことはすべて頭に入っている。きみの部下には絶対に撃つなといっておけ、ヒデッカー」

ヒデッカーがうなずき、ローダンは歩きだした。

〈グッキー、わたしだ、ペリーだ。なにをしている？　パニックになる必要はない、すべてうまくいく。聞こえたら合図してくれ。安心してかくれ場から出てきてだいじょうぶだ。だれもきみを傷つけたりしない。そうは見えなくても……まわりにいるのは友だけだ。ガルブレイス・デイトンにも会った。旧友ガルの誤解は解けた。すべて問題ない……〉

通廊の突き当たり近くまできたとき、かすかなインパルスを感じた。だれかがかれの名前を胸の内でつぶやいたような印象だった。

〈ペリー……？〉

気のせいだったかもしれないが、ローダンはおだやかなインパルスを送りつづけた。ネズミ＝ビーバーがなぜこんな自暴自棄な行動にいたったのかはわからないが、よほどひどい目に遭ったのだろう。

〈わたしもそうだった。調べてみればいい。この時代の者たちがどれほど進歩していようとも、きみをだますことなどできないんだ、グッキー〉

ローダンはハッチにたどり着き、開けてなかに入った。

その瞬間、それが起きた。突風が吹きつけ、急に生じた真空に空気が流れこむ音がする。同時に重いからだがぶつかってきて両腕をかれの頸にまわし、その重みで上体が引っ張られた。見えない手に動かされたようにハッチがスライドして閉じる。ヒデッカーと衛兵たちがいるほうからくぐもったつぶやきが聞こえた。ばかなことをしないといいのだが。

「グッキー！」

ネズミ＝ビーバーはとげとげした草の実のようにかれにくっつき、溺れる者のようにしがみついて、ローダンを圧死させようとするかのようだった。

「ほんとにあんたなんだね、ペリー」ほっとしたように叫びながらもはなれようとはしない。「罠だと思ってた。どんなひどい連中を相手にしてたかわかんないだろ。悪夢から抜け出したみたいな、悪意の塊りなんだ」

「いったいどうしたんだ、ちび？」ローダンがグッキーにしがみつかれてあえぎながらたずねる。「それでも大宇宙の救世主か？」

「失礼」グッキーは小声でそういい、手を放した。「だけど、親友と再会したよろこびをあらわすのは恥ずかしいことじゃないだろ」かれは周囲を見まわし、耳をかたむけるかのように小首をかしげ、満足そうにうなずいた。「盗聴はされてないね。とにかく数分は時間があるみたいだ。ガルについて考えてたことはほんとなの？」

「きみに嘘をついたことがあるか、ちび？」

「ふむ、つまりガルはあの蛮人どもの仲間ってことか」グッキーの声は悲しげだった

「ガルがあんな暴力システムに荷担《かたん》するなんてね。人類はどうなっちゃったんだい？」

「時代が違うんだ」と、ローダン。「条件が決定的に異なっていて、それが人類に影響をあたえている。困難な時代でもある。まだほとんどなにもわかっていないので、判断のしようがない。もっと情報が集まればガルの行為も理解できるようになるかもしれない」

「ガルに事情を話した？」

「いや……かれに真実を告げることはできない」ローダンがきっぱりという。「この時代の人間が真実を知ってはならない。つくり話で押しとおすんだ」

ローダンは現状を説明したが、デイトンはグッキーを制圧するためなら躊躇《ちゅうちょ》なくプシ制圧装置を使っただろうということは伏せておいた。

「いきなり狂ったように暴れだしたのはどういうことだったんだ、グッキー？」ローダンがたずねた。

「狂ったようにだって？」ネズミ＝ビーバーは憤慨した。「まともなイルトなら……人間のミュータントだって……あの状況になったら同じことをしてたはずさ。プシ能力を

抑止されたんだ！　二度とあんな経験はしたくないね」

ローダンは唇をすぼめた。

「残念ながら、すこし譲歩してもらう必要がありそうだ、グッキー。この時代は、ほかにもいろいろあるが、超能力が許されない時代だ。きみが能力を使わないよう説得するとガルに約束した」

「わかった、約束するよ」グッキーが寛大にいう。

ローダンはため息をついた。ちびに申しわけなかった。

「だが、ガルはきみのことをよく知っている。そんな約束、ろくに守らないこともわかっているだろう」

「知ったこっちゃないね」グッキーが不遜な口調でいう。すこしはもとのかれにもどってきたようだった。ローダンはそれを見て勇気づけられ、デイトンにいわれた条件をさらに説明した。

「ガルはきみが能力を使えなくなるような装置をつけることを要求している」

「冗談だろ！」

「ガルの要請だ」

グッキーはごくりと唾《つば》をのんだ。予想もしなかったことらしい。短い間があって、かれがいった。

「なんてひどい時代にきちゃったんだろ。ここで生きていたくはないもんだね。こんなことがつづいていくんじゃ、いずれあんなふうになるのも当然……」グッキーはその先の言葉をのみこみ、まったくべつの、子供っぽさを誇張した口調に切り替えた。「わかったよ、偉大なミュータント・ハンター。おとなしくしてるから、どこにでも連れてって、好きなようにしなよ」

ローダンはそれを聞いて、もはや話がここだけのものではなく、盗聴されていることに気づいた。

かれはグッキーの肩に腕をまわし、短く、だが心をこめて抱きしめた。

「すべてうまくいってよかった」ローダンはそういったが、実際には泣きだしたい気分だった。

そう、かれらはこの時代で生きていくことはできない。ここで出会った者たちのように、敵対的で疑り深くなってしまうだろうから。

カンタロの日

エルンスト・ヴルチェク

登場人物

ペリー・ローダン……………………銀河系船団最高指揮官
レジナルド・ブル（ブリー）………《シマロン》指揮官
グッキー…………………………………ネズミ＝ビーバー
エイレーネ………………………………ローダンの娘
コヴァル・インガード………………惑星ブガクリスの〝蛮人〟
ベオドゥ…………………………………アッタヴェンノク
イホ・トロト……………………………ハルト人
ヴァニティ・フェア（ヴァニ）……歴史研究者
ガルブレイス・デイトン……………銀河戦争評議会のテラ代表
ジェフリー・アベル・
　　　　　　ワリンジャー………ハイパー物理学者
キャプテン・アハブ…………………ストーカー（ソト＝タル・ケル）
ホーマー・G・アダムス……………宇宙ハンザ経済部チーフ

1 死に行く者

カンタロ。この異人は宇宙的カタストロフィの直後にこぶ型艦であらわれた。銀河系内で目撃された未知飛行物体の報告は、当初は混乱に紛れて、ごく散発的なものだった。かれらが自分たちの言語で通信を送ってくるようになって、ようやく注目が集まりはじめた。インターコスモを使わず一貫して自分たちの言語を使うのは、異人の傲慢さのあらわれだった。同じく典型的といえるのが、ギャラクティカーの前に姿を見せず、その後送りこんできた使者もテラナーの姿を模したアンドロイドだった点だ。それでもかれらのことは徐々に明らかになった。姿は人類に似ているが、さまざまな装置を肉体に組みこんでサイボーグ化している。ほかにも手がかりはたくさんあるが、カンタロと自称するこの異人に関する情報はすべて推測にすぎなかった。銀河系内にどれだけの数のカンタロ艦が存在するのかさえわかっていないが、とりあえず五百隻程度と考えられている。軍事力も不明で、持っている高度技術のデモンストレーションも……公式には……いっさい実施しない。一度〝電光〟を見せたときをのぞいて。ＮＧＺ四五五年にＭ・１３星団にあるアルコン人入植星がこの〝電光撃〟で潰滅したのだ。かれらがギャラクティカーよりもはるかに強大なのは明らかだった。

公式にその片鱗《へんりん》が見られたのは四五三年、八十隻からなるハウリ艦隊が五隻のカンタロ部隊を球状星団Ｍ・５４近傍で攻撃したときだった。ハウリ艦隊は短時間で潰滅し、逃げおおせたのは十隻だけだった。これによりカンタロは名声を得て、その要求は重みを増すことになった。かれらはギャラクティカーに、十年以内に銀河系に平和と秩序をもたらすことを要求し、できない場合はカンタロが〝平和組織〟を主導すると告げた。力によらずにカンタロを銀河系から退去させようという試みはすべて失敗した。かれらは文字どおり神出鬼没だった。

数年にわたる観察の結果、かれらが転移にブラックホールを利用していることが判明し、ついにかれらの神経をさかなでする方法が判明したと思われた。ブラックホールのまわりに特殊な要塞が築かれた。ところが四七〇年になると、カンタロはどこかに消えてしまったかのようだった。その後ギャラクティカーに秩序構築のあらたな期限が通告された。次にかれらがもどってくるまで、と……

そう、目には見えないものの、カンタロは存在していた。かれらは二十年間姿を見せず、多くのギャラクティカーはガルブレイス・デイトンが熱心に進める銀河系全体の武装化をむだだと感じはじめたが、銀河戦争評議会はあきらめなかった。〝カンタロレス〟時代の二十年間、目に見えない敵によって惑星全土が破壊される事件が多発した。〝電光〟はすでに四五五年、アルコン人入植星を攻撃して惑星全土を一撃で潰滅させたことで知られていたが、こうした〝電光撃〟が〝カンタロレス〟の二十年のあいだ頻発したのだ。四九〇年はじめまでに十二の世界が燃える地獄と化した。

〝電光〟とカンタロが無関係だと考える者はいなかった。自分たちの存在と要求を、こうした残虐なかたちで思い出させているのだ。とはいえ、ギャラクティカー全体では、どこかの辺境の出来ごとなどすぐに忘れられてしまう。四八〇年代になって銀河系内の嵐が過ぎ去ると、宇宙ハンザの一下部企業がミニ・カンタロをモチーフにした玩具のシリーズを発売しようという奇矯《ききよう》なアイデアを思いついた。さいわい、ミニ・カンタロはほとんど市場に出まわらずに終わった。

四九〇年、ヴァニの〝夢〟より

ふたりはテラスで涼風に吹かれて恒星タフの陽射しを浴びながら、なんの心配事もなく寝そべっていた。そんなのんびりした場面に死者が闖入《ちんにゅう》してきた。

世界はまだ秩序構築の道なかばだったが、ペリー・ローダンとレジナルド・ブルはすべてを甘受し、事態の進展にまかせることにしていた。

「ここはじつに居心地がいいですな」ブルが空気圧ソファの上で伸びをしながらいった。「ゴシュン湖《こ》畔《はん》の家のベランダにいるようです」

ローダンはもの憂げにうなずいた。立ち聞きの恐れがある場所では世間話しかしないと決めている。かれらがNGZ一一四三年から……未来から……NGZ四九〇年に跳躍したという秘密が不注意で漏れた場合、致命的な結果を招きかねない。

いまは暗い時代だった。警戒心と不信感がはびこり、だれも他者を信用しない、不確実性と蔓延する恐怖の時代だ。人々は心理的にかたくなになり、内向的になっている。だれもが他者と親しくなりたがらず、胸襟を開かず、ひとりひとりが強固な要塞のように……銀河系全体が数十億、数十兆の個人という要塞の集合体になっていた。

そんな要塞化された銀河系にあって、惑星タフンはなんとも時代錯誤的だった。

メド・センターのあるこの世界には冷戦の影響が見られず、平和でおだやかな雰囲気が支配的だ。広大なメド・センターの敷地は異国的な公園のようで、そこに複合建造物が適当にばらまかれたように散らばっている。

「ガルブレイスが三日しか休暇をくれなかったのが残念だ。それも今夜には終わってしまう」ローダンがひとりごとのようにつぶやいた。

この三日間の休暇はテラとギャラクティカムの防衛大臣であるガルブレイス・デイトンが事態を整理するために設定した時間だった。かれはまた、グッキーに超能力を制限する処置を施し、イホ・トロトは厳重に監視すべきだと主張した……トロトは四八五年にハルト人が故郷惑星に引きこもったあとも外界にとどまっている唯一の例外だったから。

故郷世界にもどろうとするトロトを引きとめるのはひと苦労だった。ラール人危機のとき以来、またしても見て見ぬふりをして危機が過ぎ去るのを待とうとする同族の態度が理解できず、なんとかかれらを説得しようとしたのだ。トロトにその計画をあきらめさせるには多大な労力を要した。

そのときローダンの持ち出した一論点が、タイム・パラドックスの可能性だった。

「そんなことをしたら歴史の進行に重大な影響をあたえ、将来的に予測不能な結果が生じるかもしれない、トロトス。タイム・パラドックスのことをきみに説明する必要はないはず！　われわれがおとなしくしているほど、あたえる影響もちいさくなるのだから」

イホ・トロトは最後には納得したものの、同族の不合理な行動に心おだやかではないようだった。ローダンはかれの計画脳がなにかばかなことをたくらんでいるのではないかと危惧した。ハルト人はつねにしずかに鳴動している火山のようなもので、いつ大噴火するかわからない。

イホ・トロトはまさに衝動洗濯前の〝火山〟という印象だった。そう考えると、ローダンは医療種族のアラスがハルト人の面倒を見て、その衝動に比較的無害なはけ口をあたえていることをうれしく思った。イホ・トロトはそのアラスと医療ロボットに対し、善良な顔でひどいいたずらをしかけていた。

グッキーの問題はさらに大きかった。デイトンは超能力の使用を禁止する、反ミュータント法のようなものがある可能性を示唆《しさ》した。ローダンにはそんな法令の意味が理解できなかったが、デイトンのいい方はどこまでも曖昧《あいまい》だった。まるで友たちを信用していないかのように、すべてをぼかしている。

いずれにせよ、デイトンはグッキーがプシ能力を制限する装置を着用すべきだと強く主張した。ネズミ＝ビーバーは同意し、ローダンは全員のためにそんな犠牲を受け入れた友を賞讃した。

医師たちは二日にわたって作業をつづけたが、満足できる結果にはいたらなかった。その原因のひとつにネズミ＝ビーバーがかんたんな仕事にはさせたくなかったという事実があるのはまちがいない。どうせいやな思いをするなら、せめて楽しもうと考えたのだろう。

当然、トロトとグッキーの立場はうらやましがるようなものではないが、見方を変えれば、かれらがタフンにいることには利点もあった。ベオドゥとコヴァル・インガードが治療のためここにいることで、かれらの立場はとてもよくなった。この両名はローダンが秘密を守る上でもっとも弱い環だったから。とくに惑星ブガクリスの〝蛮人〟はかれらの信頼性にとって大きな脅威になるかもしれない……そう、ヒュプノ学習で精神的に混乱し、自分がだれなのかさえわからない状態でなかったら。

その精神の混乱ぶりは、かれがしょっちゅう自分をだれか別人だと考え、ころころと人格を変化させることにあらわれていた。タフンの医師たちにとって、かれは〝多重人格〟の興味深い症例だった。だからかれを手放したくなかったのだ。

一方のベオドゥは夢想者の役割をうまくこなしてタフンにとどまることになった。アッタヴェンノクがこの運命を受け入れたのは、一一四三年にもどるときには、時期を見てかならずかれを回収するとローダンが約束し、エイレーネも双方の面倒を見るためここにのこるといったからだった。

これはローダンにとって最高の解決策だった。娘がデイトンに秘密を漏らす恐れがあったからではない。エイレーネはなにが重要かわかっていて、どんな状況でも秘密を守りとおす心の強さと抜け目なさをあわせ持っている。それでも彼女がいっしょだと、ローダンは行動に制限を受けていると感じただろう。この先、なにがあるかわからないのだ。

エイレーネはタフンでうまくやっていて、厄介なデイトンの介入に悩まされる心配はない。なぜなら、タフンではヒポクラテスの誓いがいまでも有効だから……それ以外は信頼の失われたこの時代にあって。

かれらがこの平和のオアシスに運ばれる前は、それなりに興ざめな事態があったもの。ローダンは数日前、《オーディン》でウェスンド星系の軍事基地に立ちよったときのことを思い返した。

＊

グッキーがウェスンドⅢで騒ぎを起こしたあと、デイトンの旗艦《オーディン》はすぐに再スタートした。

ローダンは期待をこめて感情エンジニアにたずねた。

「テラに連れていってくれるのだろう、ガルブレイス？　また地球を見てみたい。最後に見てからもうずいぶんになる」

「残念ながら、それはできません」と、デイトン。「地球に連れていくことは考えました。最終的にどうするか決まるまで、おちついてすごせるでしょうから……ですが、ネーサンがそれを禁じたんです」

「ネーサンが、なんだと？」ブルが驚いて問いかえす。「ルナのポジトロニクスが指揮を執っているのか？　ギャラクティカーはどういっているんだ？」

「ルナのシントロニクスです！」デイトンが訂正した。「ネーサンはオーヴァホールされて、最新技術に適応しています。そうでなければ銀河系を網羅するセーフティネットを制御するという任務をはたすことはできませんから」

「答えになっていない」と、ブル。「では、あらたなネーサンは銀河系を支配しているのか？」

「ばかなことを！」デイトンはむっとした顔になった。「政策決定におけるネーサンの影響力は、原則的に以前ほど大きくありません。権限を追加して、緊急時に迅速に決断できるようにしただけです。それ以外の、銀河系防衛に関係のない問題については、ルナの大型シントロニクスは政策を提案できるだけです。とはいえ、ネーサンはあらゆる可能性のなかから最適解を選び出し、百件中九十九件で正しい提言をしています。劣った解決策をすぐれた解決策より優先するのは道理に反するというもの。だからネーサンにたよっているのです」

「そのネーサンが、われわれがテラにもどるのを禁じた」ローダンはつぶやき、思わず身震いした。

「この決定にはしたがうしかありません……残念ながら」ディトンはそういったが、表情と口調はまるで残念そうではなかった。

　ローダンはまたしても、なにがディトンをこんな強硬な、妥協の余地のない皮肉屋にしてしまい、そんな素顔をかれらの前にさらさせたのかと考えた。

「当面はタフンにいてください」ディトンが最終決定を伝える。

　タフンに向かう途中で一度警報が鳴り、船内は大騒ぎになった。ディトンは警報の理由をいおうとせず、魅力的な歴史研究者のヴァニティ・フェアがいなかったら、ローダンたちが真実を知ることはなかったろう。

　彼女はローダンとブルにあてがわれていた娯楽キャビンに興奮して駆けこんできた。ディトンがほかの者たちをふたりから引きはなし、イホ・トロトとグッキーは完全に隔離されていた。

「カンタロ艦三隻が目撃されました」ヴァニが息を切らしていう。「ヴェガ星系の外、テラからほんの二十七光年の位置です！　この船はヴェガに向かっています」

　地球はもうすぐそこなのに、地球の緑の丘を見ることができないのか。ローダンは悲しげに思った。

「監視要塞の警報装置は働かなかったのか？」ブルがたずねる。

「カンタロはブラックホールを経由しないであらわれました。ただ、ずっと姿を見せなかったかれらが、このところ頻繁に出現しています。二十年近く見かけなかったのに!」

「つまりどういうことだ?」と、ローダン。「ネーサンが出した結論は? カンタロはなにをしようとしている?」

ヴァニは答えようとして直前で心変わりしたらしく、決然と首を横に振った。

「話すつもりはありません」と、冷たくいう。「ガルがもう話したと思っていたんです。どのみち、わたしからはなにも聞き出せませんよ」

この若い女性は知り合ったあとだいぶ打ち解けてきていて、ローダンは彼女がディトンよりも自分に同情的だとさえ感じていた。

彼女の腕をつかみ、力をこめる。

「そんなふうに感じるなんて、ディトンからわれわれがどんな恐ろしい存在だと聞かされているんだ、ヴァニ?」

彼女は反抗的にローダンの目を見つめ、何度か大きく息をしてから挑むようにいった。

「わたしはガルの恋人です」

ローダンは手を放し、彼女が強調するように腰を振りながら歩み去るのを見送った。

ヴァニは出口の前で振り返り、後悔するような表情を見せた。

「わたしは自分の立ち位置を明確にする必要があるんです。もう心は決まりました。でも、あなたのためになにかできることはあるかもしれません。どうかガルの指示に反することをさせようとはしないでください」

数時間後、ローダンとブルは《オーディン》の司令室に案内された。主コンソールの前でデイトンが待っていた。ヴァニは探知機の前にすわり、ふたりには目を向けようともしない。

「ほら、見てください」デイトンが気前よく贈り物でもするかのように慇懃《いんぎん》にいい、コンソール上に浮かんだ球形のホログラムを指さした。

「これはどうも、サンタさん」ブルが思わず皮肉を返す。「われわれ、いい子にしていたようだ」

感情エンジニアはそれを無視して淡々と話しつづけた。

「かれらからは通信もなければ攻撃もありません。ただ挑発するようにゆっくりと、ヴェガ星系の防衛ラインの外を巡行しているだけです。こちらに先に発砲させて、全面攻撃の口実を得ようとしているかのようです。呼びかけにはいっさい応答しません」

映像の三隻はちいさすぎて細部はわからない。サイズや形状をしめすデータも表示されていなかった。デイトンは話し終えたあと、ようやく探知機の映像を拡大させた。

三隻のカンタロ艦の拡大映像が目の前の空中にうつしだされると、ローダンは思わずたじろいだ。ブルも驚きのあまり、息を詰まらせたような声をあげた。

デイトンはさっと首をめぐらせた。まるで感情エンジニアであるかれがふたりの驚きを物理的に感じとったかのように。

「このタイプの宇宙船を見たことがあるのですか?」疑わしげな口調だった。

「いや」ローダンは嘘をついた。「こんな宇宙船を見るのははじめてだ」

「これがカンタロ艦なのか」驚きから回復したブルがしれっとした顔でいった。「カブトムシみたいなかたちだな。まるで危険そうには見えないが」

「もう危険ではありません」と、デイトン。「われわれ、武装していますから」

「どうして降伏を勧告するか……撃ち落としてしまわないんだ?」ブルがたずねる。

「カンタロと戦争中なんだろう?」

「そう単純な話ではないのです」デイトンが無愛想に答える。「状況はもっと入り組んでいます」

「説明してくれないか、ガルブレイス? 古い友情に免じて」と、ローダン。

デイトンは長いつき合いに触れられたことがまんならないといいたげに唇を噛んだ。かれが答える前に、カンタロ艦が加速していることを探知機がとらえた。速度をあげながら銀河系の中心方向に向かい、ほどなく超光速航行に遷移して探知機から消えてしまう。

「引きつづきタフンに向かいます」デイトンがローダンとブルに向かっていった。「割り当てたキャビンから出ないようにしてください」

「そうていねいにたのまれては、いやとはいえないな」ブルがからかうように応じる。

娯楽キャビンにもどってふたりきりになると、ブルが弾《はじ》けるように話しはじめた。

「カンタロの宇宙船はまるで……」

ローダンは片手を振ってかれをさえぎり、デイトンに盗聴されている恐れがあることをはっきりとしめした。ブルがわかったというようにうなずく。ただ、ローダンと視線を交わし、勘違いでないことは確信したようだ。

ローダンも同じように、さっき見たカンタロ艦が大マゼラン星雲に住むベカッスの〝永遠の船〟の正確なレプリカだと気づいていた。

ただ、デイトンの詮索を避けるため、このことは内密にしておかなくてはならない。

「ガルブレイスは銀河系の現状に関して偽情報を伝えてきた」ローダンがデイトンに聞かせるようにいう。「最初からわれわれに、銀河系は武装した要塞で、カンタロには突破できないと信じさせようとしたんだ。だが、じつはカンタロはそこらを自由に飛びまわり、だれもそれをとめられない……あるいは、とめようとさえしていない」

「銀河系の防衛はとても万全とはいえない状態だってことですな」ブルも同意した。

「状況は入り組んでいるとガルブレイスがいったのは、弱さを認めたってことなんでしょう」

　ディトンは、たとえこの会話を聞いていたとしても、挑発に乗ってこなかった。ふたりは航行中ずっと幽閉状態で、《オーディン》がタフンに着陸したあと、ようやく護衛つきで外に出ることができた。

　ディトンの旗艦から降りると、巨大な船腹内のロロ格納庫には箱形のテンポ型部隊輸送艦ではなく、いかにもちいさく見える《ハルタ》がおさまっているだけだった。

　ディトンはこのタフン宇宙港で今後の予定をくわしく説明した。

「もうひとつ質問があるんだが、ガルブレイス」感情エンジニアが別れの言葉を口にする前にブルがいった。「きみ以外に以前からわれわれが知っていて、われわれに会いたいと思っている細胞活性装置保持者は、ほんとうにひとりもいないのか？」

「いや、いますとも」ディトンがあざけるような口調でいう。「むしろわたしは会いたいという要求をさばくのにおおわらわだったくらいですよ。ふたりとも、急いで顔を洗ってきたほうがいいのではありませんか？」

　ディトンがふたりを護衛にまかせて立ち去ると、ローダンは思わず笑みを浮かべた。

「ブリー、どうやらガルブレイスははじめて、かれが望む以上に多くの者がわれわれに会いたがっていることを垣間《かいま》見《み》せたようだ。たぶんこのあとすぐ、友たちが次々と会いにくることになるだろう」

「この時代までのこってる友がそんなにいますかね？」ブルは疑わしげだ。

ほぼ三日が無為に過ぎたが、ブルの疑問にポジティヴな回答は返ってきていない。デイトンはその間、一度も顔を見せなかった。

ヴァニはときどきやってきて空手形を乱発した。ローダンとブルはそれを時間稼ぎと見抜いていた。

やがて長身痩軀《そうく》の人影が日没時にいきなりあらわれ、まっすぐに近づいてきた。偶然にも、同じ瞬間にエイレーネがコヴァルとベオドゥのことを報告しにやってきた。周囲のことなどなにも気にせず話しだそうとしたとき来訪者が視野に入ったようで、彼女はそちらを振り返った。

恐怖の悲鳴があがった。死んだはずの男に気づいたのだ。

「こんなふうに恐がらせると知っていたら、事前に来訪を予告したんですが」ジェフリー・アベル・ワリンジャーがいった。「どうして幽霊でも見たように見つめているんです？」

2　患　者

タフン。ソルから三万二千三百八光年はなれた恒星タフの第三惑星。タイプTの酸素惑星……Tはテラを意味する。赤道部の直径は一万二千八百八十六キロメートル、自転周期は二十四・〇一時間で、一タフン日はほぼ一標準日に等しい。平均気温は二十二・三度。タフンには当初USO（星際連合機構）のメド・センターが置かれていて、USO解散後はテラに移管された。宇宙ハンザが設立されると、タフンはこの交易組織の療養惑星となった。永遠の戦士の支配下ではソト＝ティグ・イアンの医療実験施設となり、法典ガスの研究に悪用された。戦争崇拝が排除されるとタフンはギャラクティカムに引きわたされ、現在にいたる。巨大な宇宙的カタストロフィ後の時代には百年戦争とカンタロの犠牲者たちが治療を受け……イホ・トロト、グッキー、コヴァル・インガードといった患者は治療のためというより、かれらがタフンにやってくることになった特殊な状況のせいで収容されている。うち二名、ハルト人とイルトは四十二年前に英雄的な死を遂げたことになっている。そのためかれらの身元は秘《ひ》匿《とく》され、たんに〝イルト〟と〝ハルト人〟と呼ばれていた。

四九〇年、ヴァニの〝夢〟より

恐ろしいほど不気味な状況だった。ジェフリー・アベル・ワリンジャーがタフンにあらわれて訪ねてくることは、理性的に考えれば異常でもなんでもない。人として旧友に会いたがるのは当然だろう。すでに死んだか、すくなくとも失踪したと思っていた友たちなのだ。四十年以上会っていなかった友が生きていることだけでも確認したいと思うのは不思議でもなんでもない！

だが、その旧友は一一四三年からきた者たちだ。ワリンジャーはその数世紀前に銀河系を脱出していた。支配的権力が銀河系の境界をしっかりと閉ざしてしまう前に。その後ワリンジャーは小星団に身をかくし、サトラングという惑星で隠遁生活を送りながら、〝狂気のバリア〟で精神が壊れた者たちの手助けをしていた。

それもすべて過去の話だ。かれらが隠遁世界に到着したとき、ワリンジャーはすでに死にかけていた。未知の何者かがかれを襲って細胞活性装置を奪い、かれは六十二時間以内に死ぬ運命だった。

グッキーだけが死にかけたかれのもとに駆けつけ、塵《ちり》になる前に最後にささやいた言葉を聞いていた……ワリンジャーを看《み》とったのだ……死んだはずのその男がいま、元気に目の前に立っている。

いまわのきわのようす、将来の運命をくわしく知っている相手がそこにいるというのは、なんとも衝撃的な事態だった。

ローダンにとってさえ、この衝撃はかんたんに克服できるものではなかった。エイレーネにとってはなおさらだろう。幼いころからジェフリーを知っていて、惑星サバルではさまざまな楽しい思い出をいっしょに積み重ねてきたのだから。

そのジェフリーは、彼女にすればもう死んだ人間だった。好きなだれかに死なれるのは辛い経験だ。ようやくその死を乗りこえたというのに、突然また生きているかれに再会し、なにも問題はないというふりをしなくてはならない。どれほど辛いことだろうか。

二千歳でも恐ろしい体験なのに、エイレーネはまだ十九歳にもなっていないんだぞ？　こういう状況は予想しておくべきだったのに、あまりに突然のことで対応できなかった。

「あんたにはまったく驚かされるな」ある程度おちつくと、レジナルド・ブルがいった。「ガルブレイスはまるで銀河系の処刑人で、生きのこった知り合いの最後のひとりとでもいいたげな態度だった。あんたが目の前にあらわれて肝をつぶしたよ」

ローダンはジェフリー・アベル・ワリンジャーを強く抱擁し、握手をもとめた。

「なかに入って、この予期しない、だがそれだけにうれしい再会に乾杯しよう」

テラスを通って部屋に入るにはすこし時間がかかり、そのあいだに一同は以前のような関係をとりもどすことができた。それでも心底寛ぐことはできない。なぜか重苦しい雰囲気が漂い、どの顔も仮面のようで、動作は不器用にぎくしゃくしている。自然な態度をとろうとどれだけつとめても、必要な気安さが欠けているのだ。どんな人間も肉体言語を完璧に制御することはできない。

「ガルブレイス・デイトンがこの翼棟をぜんぶ使わせてくれてるの」エイレーネが快活さをよそおっていった。「なんでも提供してくれるわ。自分たちがもとめられていないって気分まで」

レジナルド・ブルが飲み物を用意するといい、エイレーネに手伝いをたのんだ。ローダンはかれが彼女になにかささやいたのを見逃さなかった……ジェフリーが背後のささやきに気づかないなどとは想像できない。

「きみはわれわれがこれからどうなるか知っているんだろう」ローダンはそういって科学者の注意を引きつけた。「公式にはわれわれが死んだことにする必要があるのはわかる。だが、ガルブレイスはほんとうに死んでもらいたいと思っているようで、これはさすがに胸が痛い」

ワリンジャーは真剣にうなずき、ローダンはその顔に影がさしたことに気づいた。

「ガルはあなたたちがもどってきたことを、われわれに知らせたくなかったようです」

かれはかすかな笑みを浮かべた。「ここを見つけるのにずいぶん苦労しました。ガルに悪気《わるぎ》はありません。自身の防御意識に凝《こ》りかたまっているんです。今後、あなたたちの状況は根底から変化するでしょう。われわれがガルに、あなたたちが生きていたことを知らせる公式キャンペーンを展開させますから。最初の数日の悪印象を払拭《ふっしょく》するため、なんでもやりますよ。約束します」

「それについてはもうすこし話し合いたい」ジェフリーがかれらの復活を大々的に喧伝《けんでん》したいというのはありがた迷惑だった。かれの戦略に適合しない。

ブルとエイレーネが飲み物を持ってもどってきた。エイレーネは父親にグラスを手わたしながら、ごくちいさくウィンクした。〝だいじょうぶよ、ペリー、なんとかするから〟ローダンは自信に満ちた笑みを返したが、内心では娘がこの状況で生じるあらゆる困難に対処できると確信してはいなかった。

全員で乾杯する。

「かつての日々に」

かつての日々はもうもどってこない、とローダンは思った。

「わたしの提案を保留するということでしたが、ペリー」ジェフリーがひと口飲んでからいった。「もう銀河系の住民にはもどらない……もどりたくない……と思っているのですか?」

「ガルブレイスは多くの点でまちがっていない」ローダンが答えた。「当面、われわれの存在は明らかにしないほうがいい……議論する必要のないさまざまな理由から。潜在的な敵とみなされたくないし、もっと情報が必要だ」

「どうしてそこまで自制するんです？」ワリンジャーが不思議そうにいう。「ガルはあなたたちを蛮人あつかいしているようですが、銀河系にはあなたたちと話をしたがっている者もいます。わたしもまだそのひとりですし」

〝まだ〟といったのは、ジェフリーがすでに銀河系から出ていくことを考えはじめているからだろうか？　かれはクロノパルス壁が展開される直前、故郷銀河とその支配体制に背を向けることになる。それはいつ起きるのか……現在の、四九〇年の何年後だ？

「われわれ、四十年以上も留守にしていて、時代に適応するのも問題のひとつなのだ」ローダンがいった。「だから当面、目立ちたくない。われわれの力になりたいなら、ジェフリー、いちばんいいのは必要な情報を提供してくれることだ。なによりもまず最新情報に追いつかなくてはならない。カンタロがどのくらい重要なのか、かれらが何者で、どこからきたのかを知りたい」

「それはわれわれにもわかりません」ワリンジャーが告白する。「カンタロと接触して、報告してきたギャラクティカーはいません。かれらの技術はわれわれには未知のもので、だれに聞いてもこれ以上の情報は得られませんよ」

「ガルブレイスはカンタロがもう危険ではないって口ぶりだったが」と、ブル。

「銀河系が要塞化されたのは事実です」ワリンジャーが答える。「あなたたちがペルセウス・ブラックホールの周囲に展開しているのを見たのと同じような要塞が十万以上存在します。たぶんもっと、その倍くらいあるでしょう。ですが、いくら銀河系を要塞化してもカンタロはとめられません。かれらはもどってきました。また電光撃をあちこちで使いはじめたら大変なことになります」

「ガルブレイスによると、コンタクトしようとしても応答がないそうだが」と、ローダン。

　ワリンジャーは唇をすぼめた。

「かならずしもそうではありません。これは話すつもりはなかったんですが、ま、いいでしょう。ストーカーがキャプテン・アハブとして秘密任務に従事し、日程を協議しています。カンタロが交渉のテーブルについてくれるといいんですが。そうすれば、すくなくともかれらの意図はわかるでしょうから」

　ストーカー！　ローダンは大マゼラン星雲で聞いた、もとソトの宙賊行為の話を思い出した。ストーカーは当時、ギャラクティカーのかわりに異星域で私掠活動に従事していた。かれにぴったりの役割だ。謎めいたカンタロとの交渉役もかれにぴったりだろう。

「カンタロが姿を見せることになったら、わたしもその場にいたい」と、ローダン。

「交渉の場にオブザーヴァーとして参加できれば充分だ。それ以上はもとめない……テラにちょっと立ちよるくらいはしてみたいが」

「それは可能でしょう……カンタロがその匿名性を捨て去れば」ワリンジャーが答えた。「ふたりの復活を啓蒙するキャンペーンを張れば、地球は両腕をひろげて歓迎するはず。ふたりの公式な帰還はギャラクティカーにとって最高の薬になると信じています」

ローダンは断固としてそれを拒否した。正式に銀河系に帰還して歴史の流れに影響をあたえることだけは避けなくてはならない。

「悪いが、ジェフリー、その話題はもう持ち出さないでもらいたい」ローダンの意を汲んだブルがいった。

「では、話題を変えましょう」ワリンジャーは興奮をかくしきれないようすだ。「わたしの顔を見たとき、なぜ死ぬほどおびえた表情になったのかについて話しましょうか」

「コヴァルのようすを見てこないと」エイレーネはそういって、ワリンジャーのほうを見もせずに部屋から駆け出していった。

ローダンは娘を案じながらも、彼女がこの場から身を引いたことをうれしく思った。たとえそれがワリンジャーをだますことになったとしても。

＊

エイレーネは朦朧《もうろう》としながら外によろめき出た。

ジェフリーを目の前にしてもなんとか感情はおさえられたと思ったものの、話題がかれを見たときの反応におよぶと悲鳴をあげそうになった。コヴァル・インガードのようすを見てくるという以上の口実は思いつかなかった。

だが、グッキーとイホ・トロトも隔離されている保安ステーションに着くと、コヴァルは療養船《エリシアン》でのグループ運動療法に行っていた。

彼女は伝手《つて》を総動員して、《エリシアン》がもどったらなんとかそっちに移乗できるようにしようとした。タフンからはなれなくてはならない。ジェフリーと顔を合わせるのは耐えられなかった。できるだけのことはするという返事はもらったものの、待つしかないということだった。

それでかまわない。エイレーネは時間をつぶすため、イホ・トロトを訪ねた。ハルト人はその巨大な半球形の頭を調べるため隔離房でスキャンされていて、ヴィジフォンで話すことしかできなかった。

かれは大きな三つの目を上に向け、装甲プラスティックごしに彼女を見た。低く太い声が中継機から聞こえてきた。

「ああ、ちいさなエイレーノス、なにか用かな?」

「ジェフリーが会いにきたの」それ以上はいえなかった。

「なんとうれしい驚きだ！」トロトは本音を吐露することなく大音声《だいおんじょう》を轟《とどろ》かせた。「それでわかった。再会をよろこんでいるのだな！」

しばらく無難な会話をつづけたあと、エイレーネはトロトに別れを告げてグッキーを探しにいった。彼女の憂鬱を癒《いや》すことはトロトにもできなかった。

グッキーのキャビンに入ると、思わず笑い声が漏れた。

「ああ、わかってるさ」グッキーが不満そうにいう。「手も足も出ずに拷問されてるネズミ＝ビーバーを笑ってればいい。超能力が完全に回復したらお返しするからな。テレキネシスでたっぷりお仕置きしてやる」

「ごめん、でも、その格子《こうし》ヘルメットをかぶった姿ってほんとうにおかしいんだもの」

エイレーネは急に気が楽になった。ネズミ＝ビーバーの超能力は抑制できても、他者を上機嫌にする性格までは変えられない。彼女はまた笑い声をあげ、涙を流しながらいった。「ブリーは歯列矯正器って呼んでたけど、まさにそれね」

彼女は涙をとめようともしない。笑いは涙を流しつづけるいい口実になった。

ネズミ＝ビーバーは頭を拘束している格子をゆるめ、頸筋に手をのばした。額とこめかみは固定されたままだが、顔面は自由になる。ただ、口のあたりに湾曲した帯があって顔の下半分をおおい……ゴールドに輝く二本の爪が一本牙《きば》の前に突き出していた。プシ・プレッサーのこの部分は格子ヘルメットと呼ばれるが、ブルはおもしろがって〝歯列矯正器〟といっていた。

「ブリーにはきつくいってやらなくちゃ」グッキーが恨みがましくいう。「こんなことをがまんしてるのも、ぜんぶきみたちのためなんだぜ。その見返りはなんだい？　涙を流してぼくを笑いものにするんだ」

「笑って涙をながしてるわけじゃない」エイレーネは目元をぬぐった。「よろこびの涙よ。ジェフリーが会いにきたの」

グッキーは即座に事情を理解したが、それを表には出さなかった。

「そいつはほんとによろこびだね」と、うれしそうに叫ぶ。「きみが感動するのもわかるよ、エイレーネ」

グッキーはいきなり彼女を抱きしめ、その頭を引きよせた。

「どんな気分なのかはわかってる」と、ささやきかける。「考えが読めるからね。他人にいっちゃだめだぜ。ぼくがアラスや単純な医療ロボットを出し抜けなかったらお笑いだろ……大変だったね、エイレーネ」グッキーはだれかに見られないうちに彼女を放した。

その瞬間、スピーカーから声が流れた。

「《エリシアン》が着陸しました。エイレーネ・Rはデルタ3格納庫にきてください」

エイレーネはグッキーに別れを告げて駆け出した。

＊

療養船はヘリコプターに似た形状だった。船体は全長二十五メートル、高さ十一メートル、幅が十二メートルある。後部上方に長さ十メートルの、わずかに円錐形のアウトリガーが突き出し、その末端に二枚の翼が下向きについている。

もともとはデルタ・スペース社が宇宙ヨットとして建造したもので、タフンがこのシリーズ四百八十機を購入し、グループ運動療法に使用できるよう改装していた。

運動療法室は三つあるデッキの最上層に位置する。その下の〝中間制御層〟と呼ばれるデッキにはマルティ・ラウンジをそなえた司令室があり、治療対象者は自由に使用できる。ここでのグループ療法の基本的な考え方は、患者が船内活動のすべてに積極的に参加していると感じさせるというものだった。実際に恒星間航行はできないが、タフ星系内の場所や座標をどこでも行き先に設定できる。超光速エンジンや砲塔は当然ながら封印されていた。最下層にはキャビンがあるが、その数は船ごとにまちまちだ。《エリシアン》には三名用のキャビンがあり、そこをベオドゥとコヴァルと、グループ療法士のエルフロムが使っていた。エルフロムは折れそうなくらい細身のアラスだ。

エイレーネが乗船するとエルフロムは彼女を自分たちのキャビンに招き入れ、そこからかんたんに中間制御層に移動できることを説明した。

「患者のようすはどう、エルフロム？」《エリシアン》がスタートすると、エイレーネがアラスにたずねた。

「ベオドゥはいつもどおり、混乱した夢を見ている」と、療法士。「コヴァルはきょうはネーサンだ。ルナのシントロニクスと混同しないように」

エイレーネはなにもいわなかった。コヴァルがどの人格になっているのかはすぐにわかる。ネーサンはコヴァルの故郷世界ブガクリスで、かれの一族〝テラの子供たち〟の最長老だった人物だった。

「コヴァルに会える？」エイレーネがたずねた。「個人的に話がしたいんだけど」

「宇宙空間に出るまで待ってもらいたい」と、アラス。「コヴァルは人工重力を切って無重力状態になったときいちばん機嫌がいいんだ。空を飛んでいると思えるんだろう。話をするならそのときがいい。タフンにもどると聞いて憤慨していたから、荒れているかもしれないと覚悟はしておくことだ」

エイレーネは《エリシアン》が惑星タフンをはなれて自由落下状態になるのを待ち、エルフロムが人工重力を切ると、すぐさま頭上の階段に手をかけた。ハッチから頭を突き出すと、コヴァルが天井を蹴り、一回転して彼女のほうに両腕をひろげて漂ってきた。彼女の頭上を通り過ぎたあと船尾側のハッチの前で宙返りし、船首側にもどってくる。

その動きはバレエ・ダンサーのように優雅だった。存在しない音楽に合わせて振りつけをしているが、ただそれにしたがうのではなく、自発的にアドリブを入れてアクセントをつけている。まるでブガクリスの音楽が聞こえているかのようだ。千の風のささやき、砂漠を吹きわたる砂嵐、渓谷や峡谷の歌声や笛の音や鞭《むち》の音、木々の枝のざわめき、ドラゴンの乾いた羽ばたき……

　もしかすると、コヴァル、すぐにあなたを故郷に、いるべき場所であるブガクリスに連れもどせるかもしれない、とエイレーネは思った。あなたに故郷だと説明した地球はもうないし、わたしたちの夢の地球は明らかにあなたの居場所じゃない。あなたの故郷はブガクリスで、ほかのどこでもないんだから。

　コヴァルは彼女を見つけるといきなり滑空を中止し、怒りに顔を紅潮させて、エルフロムに聞こえるよう大声で叫んだ。

「重力だ！　わたしはよろめく蛾だ。足の下に大地をよこせ、根性曲がりのトロナハエ！」

　コヴァルはなにかに腹をたてるたびに、グループ療法士のことをそう呼んだ。惑星ブガクリスの砂漠地帯に不時着したハウリ船乗員の末裔は、自分たちのことをそう呼んでいたのだ。

　重力が生じるとコヴァルは重い音を立てて床に落下し、立ちあがった。身長は一・六メートルとすこし、痩《や》せぎすで、肩は角張っている。その肩まである銀色の髪が汗で額に貼りついていた。その下で目が暗く輝いている。

「ハロー、コヴァル」エイレーネは挨拶し、ハッチからなかに入った。「いきなりで失礼するわ」

コヴァルは寛いで、水耕栽培の蔓植物が絡みついたカウチに腰をおろした。口元にあざけるような笑みを浮かべる。

「きみのことは知っているが、わからないこともある。わたしにとっては謎だな」

「わたしはエイレーネ。これは知ってるはずね」

かつてコヴァルは彼女を自分の母だと思っていたことがあり、種族の母祖であるサンドラ・ブゲアクリスにちなんで彼女をサンドラと呼んでいた。崩壊する《バジス》から脱出した五百名の男女を乗せた、テーベ級搭載船の指揮官だった女性だ。

「ああ、もちろんだ、エイレーネ」コヴァルは自分にいいきかせるようにそういったが、目はじっと彼女を見据えたままだった。「でも、どこからきたんだ？　その名前の裏にいるのはだれだ？　きみはどこからともなくわたしの人生に入りこんできた。いまいくつだ？」

「九月で十九になるわ」そう答えてからつけくわえる。「あなたの妹なら通るけど……母親には若すぎるわね」

「預言者と同じ年齢か？」かれはわけ知り顔で推測した。「サンドラと同じ？」

「ばかげてるわ、コヴァル。よく見て。わたしが老婆に見える？」
「ネーサンだ。わたしのことはネーサンと呼べ」かれは質問に答える前にそういった。「きみは永遠の母のように年齢不詳に見える。いつまでも若いが、七百十四歳かもしれない」

　エイレーネはたじろいだ。理論的にはそれが彼女の年齢になる。一一四三年を……かれらが飛ばされた年を……基準にするなら。

「だが、きみは六十一歳の若さでもおかしくない」コヴァルがいたずらっぽくいう。これは四九〇年を基準にした場合の理論的な年齢だ。エイレーネはぞっとしながら、アラスのエルフロムはここから正しい結論を導き出せるだろうかと考えた。

「ばかなことといわないで、コヴァル……」

「ばかなことかな？」コヴァルの口調が急におだやかなものに変化した。また人格が切り替わったようだが、自分をだれだと思っているのかは判然としない。「見ろ、きみの母の時を超越した被造物よ、われわれは偉大なるすべてを構成する一片の建材にすぎない。われわれがすべきことは、したいこととはけっして一致しない。ただ宇宙的な力がわれわれのために設定した目的をはたすだけだ」

　コヴァルの言葉はコスモクラートの使者にとてもよく似ていた。だが、ブガクリスの蛮人はコスモクラートと接触したことがない。実際、かれは超越知性体やそのほかの宇宙的な力がまだ存在していた、巨大な宇宙的カタストロフィ以前の時代に関する情報には触れていなかった。コヴァルはなにも知らないはずなのだ。

　身の毛のよだつような可能性が思い浮かんだ。そんな失われた力のひとつがほんとうに、コヴァルを通じて語りかけているのでは？　かれの無意識はさまざまな意識の集合体で、それがヒュプノ学習の影響で目ざめただけではないのか？

「いつから哲学者になったの、コヴァル？」エイレーネはかれの現在の人格を特定できるかもしれないと思い、そうたずねた。

　スフィンクスじみた笑みが返ってきただけだった。

「人が狩り場を変えるように時間と人生を変える者は、必然的に思い悩むようになる」コヴァルが諭すようにいった。「注意したほうがいい。さまざまな時間のなかを不用意に歩む者は、気がつくと過去において、自分自身の父親になっていたりする。自分が通る道におととい置く予定の石につまずいて、脚を折ることはできるか？　数世紀をさかのぼって生誕の地を訪れたなら、きみの揺り籠にいたる道をふさぐことになる壁がつくられないようにすることはできるか？」

「あなたがだれなのか当ててみましょうか、コヴァル？」エイレーネはかれが彼女の父親のつもりなのだろうと思った。タイム・パラドックスについて彼女に講義するのが大好きなのだ。

「いや、けっして当てられないだろう」いたずらっぽい笑みが大きくなった。「わたしは肉体のない純粋な精神で、風のようにテラニア・シティの山のまわりを吹きわたっている。まだ生まれないまま、肉体を得て世界のなかに解放されるのを待っている。だが、そうなるのはまだ六百年以上先のことだ。それまでは自分の番がくるのを待つしかない。だが、わたしはべつのだれかにもなれる、エイレーネ。永遠の母よ」

「ええ、そのほうがいいわ」と、エイレーネ。「だれになれるの？」

コヴァルの表情が変化した。火に当たった蠟のように文字どおり溶けていき、そのあとまったくべつの顔があらわれる。コヴァルはこっそり周囲をうかがい、彼女のほうに身を乗り出して、唇が耳に触れそうなくらい顔を近づけた。

「用心するんだ、エイレーネ」と、耳もとでささやく。「われわれが未来からきたことはだれも知らない。なにをいわれても否定するんだ。銀河系をかこむ壁のことはひとことも漏らさないように。われわれ、大マゼラン星雲にも崩壊した《バジス》にも行っていない。この蛮人、コヴァルはこの時代の者として紹介する。いいな？　ちゃんとおぼえたか、エイレーネ？」かれは身を引いて、ちいさく笑いだした。「そうやってかれらを出し抜くんだ、エイレーネ。それだけのこと。ひとことも漏らすな」

「わかったわ、コヴァル」彼女はおちつかないようだ。

「なんだって？」

「わかったわ、ペリー」そういいなおす。いまやコヴァルが彼女の父になりきっているのは明らかだった。「でも、お願い、ほかのだれかにして」

かれは問うように片眉をあげた。

「だれがいい？　きみが気にいるマスクは？」

「あなたにぴったりのマスクを知ってるわ」

「教えてくれ。その役を完璧にこなしてみせよう」

「嵐の世界ブガクリスの若い男性になって。名前はコヴァル・インガード、〝テラの子供たち〟の一員で、どんなはげしい嵐も、〝殺し屋陛下〟も恐れない。その若者になって。成人したばかりのかれに。あなたならできる」

「だが、時間はだませないし……」と、室内全体を身ぶりでしめし、「……このブガクリスのコヴァルもだませない。どうやって空を飛び、息をして、翼が起こす風を顔に……」

「できるわ。自分の声に耳をかたむけて」エイレーネが急いでいう。「目を閉じて、かれの自我を感じとって。あなたはドラゴンの翼のように軽《かろ》やかに舞いあがり、飛ぶことができる」

彼女は両手でそっとコヴァルの目をおおい、まぶたを閉じさせた。後退して、ハッチの向こうに叫ぶ。

「無重力にして、エルフロム」

＊

エイレーネは《エリシアン》に三日間滞在し、ほとんどの時間をコヴァルの世話に費《つい》やした。ときにはベオドゥがくわわることもあったが、アッタヴェンノクは自分のキャビンで眠って……夢を見て……いるふりをしているほうがいいといった。アラスに夢を〝分析〟され、つくり話だと見抜かれるのを恐れていたから。

かれはあらたな夢を見たわけではなく、過去の夢をすこし変えてくり返しているだけだった。エイレーネはかれに、アラスにも診断装置にも嘘を見抜くのは不可能だと断言したが、ベオドゥはうっかり秘密を知られ、ワキアンであるローダンに失望されるのを不安がっていた。

タフ星系を航行しはじめた初日にエルフロムから、エイレーネの友たちが宇宙船でタフンをスタートしたと報告があった。アラスは船名を告げなかったし、エイレーネもたずねなかった。

彼女宛の短いメッセージにはこう記されていた。

われわれ、きみたちのことを忘れてはいない。すぐにもどる。ジェフリーからちょっとした宇宙旅行に招待された。三名とも元気で。

P

エイレーネはジェフリーと顔を合わせる必要がなくなり、試練にさらされずにすむのでほっとした。

その一方、心苦しさもあった。運命を変える機会もあたえず、友を確実な死に向かわせるのは正しいことなのか？　ジェフリーにはまだ六百五十年以上の時間がある……だが、そのときがきたら……事前のそなえもできないとしたら。

この問題から逃れるには、ほかのどうでもいいことに意識を向ければいいと思っていた。だが、いまやふたたびこの問題に囚《とら》われてしまうと、思いを振りはらうことができない。ペリーは自分のしていることがわかっているのだから、ジェフリーにこの先の運命を告げないのは正しいことだ、と自分を説得しようとする。だが、ペリーは彼女にとって、人生の指針をしめす権威者というわけではなかった。むしろどんな状況でも自分で判断するよういいきかされて育ったのだ。

やがて彼女はこのジレンマから脱するため、自分自身との妥協点を見いだした。

ジェフリーはなにも知らず、平穏でいるほうがいいのだ、と。それでもエイレーネはジェフリーがタフンからいなくなってよかったと感じ、この時代にはもう会いたくないと思った。次にまた会ったときも、同じように断固とした態度がとれる自信がなかったから。

星系内を三日間航行するとコヴァルはおちつきをとりもどしたようだった。エルフロムはこの進展に満足し、エイレーネが近くにいることでコヴァルの人格が安定したのだろうといった。

「愛に不可能はない」と、アラスは意味ありげにつぶやいた。

かれをブガクリスに連れ帰れば愛は見いだせるだろう。エイレーネはそう思った。かれはあそこでしか自分自身になれない。そんな確信があった。

《エリシアン》はタフンに帰還した。コヴァルとベオドゥは医療ロボットが施設に連れていき、エイレーネは居心地のいい自分の居室にもどった。

突然、彼女は虚無感に襲われた。グッキーやイホ・トロト、ブリーやペリーに会いたかった。かれらがいないと孤独で、とほうに暮れてしまう。あすまたコヴァルとベオドゥに会えばそんな気分は消えてしまうだろうが、いまこの瞬間、親しいだれかにそばにいてもらいたいということしか考えられなかった。

「ハロー、エイレーネ」背後で聞き慣れた声がした。「任務が終わったからタフンにもどって、きみと楽しいひとときがすごしたいと思ってね」

運命の男がそこに立ち、不器用な、内気そうな笑みを浮かべていた。

彼女はその腕のなかに飛びこんですすり泣いた。喉になにかが詰まったように感じていなければ、いうつもりのなかったことをすべて話してしまっていただろう。

3　外交官

キャプテン・アハブ。ストーカーはエスタルトゥの力の集合体の戦争崇拝哲学をひろめるため、最初のソトとして銀河系に送りこまれた。ギャラクティカーとのコンタクトには謀略が有効と考えられたため、謀略の達人となるよう条件づけられた。だが、ストーカーは策士策に溺れて失敗し、第二のソトが送りこまれた。しかし、ストーカーはその座を譲ろうとせず、大マゼラン星雲でソトの決闘が実施された。ストーカーは決闘相手のティグ・イアン……スティギアンに敗《やぶ》れ、以後かれが十六年にわたって銀河系を支配した。切り刻まれたストーカーは医療惑星タフンに搬送され、ある程度まで治療はできたもののプテルス本来の姿をとりもどすにはいたらず……その戯画のような姿になった。身長はわずか百七十二センチメートルに縮み、トカゲに似た頭蓋の顎のラインはゆがみ、三角形のふたつの目は片方しかもとのかたちをとどめず。右目は眼窩《がんか》から飛び出して不自然に固着している。くぼんだ背中には三つの瘤《こぶ》状のふくらみができ、右肩は大きく下がっている。もっとも目立つ欠陥は、その後マスクを着けるようになってもかくせなかった、曲がった両脚だ。おかげでかれはカニのように横歩きしかできなくなった。四三五年になると、まだリハビリはまったく完了していなかったが、かれはタフンの形成外科医のもとから脱走し、八年のあいだ行方不明になった。四四三年、かれはスプリンガーの架空の氏族のモセク・バン・オスファー族長として復活し、キャプテン・アハブの名で銀河系の歴史に登場した。そのころにはオスファー氏族の同胞は数百名を擁し、多世代をさかのぼる系図を誇っていた。キャプテン・アハブがデータを操作したのだ。

〝氏族の同胞〟はたんなる〝養子〟だった。ストーカーが着けたスプリンガーのマスクはハンサムで肩幅がひろく、筋肉質で身長一・八九メートル、種族特有の赤い髪をしていた。ソト＝ティグ・イアンによる支配時代、かれは銀河系の抵抗組織GOIのために働いた。巨大な宇宙的カタストロフィ後はおもに困難な〝外交的〟任務に従事して手腕を発揮した。四六〇年代初期にはギャラクティカーのためにポルレイターの技術支援をもとめ、銀河系代表団の一員として新モラガン・ポルドに赴いている。かれはマゼラン星雲の宙賊であり……表に出てこないカンタロとコンタクトし、ギャラクティカーとの交渉のテーブルに着くよう説得する役割があたえられた。

四九〇年　ヴァニの〝夢〟より

ジェフリー・アベル・ワリンジャーは一行を小型だがきわめて高速なスペース＝ジェットに案内したあと、〝すばらしい旧友〟に会わせると約束した。ペリー・ローダン、レジナルド・ブル、イホ・トロト、グッキー、ヴァニティ・フェアは円盤艇で、タフンから八百光年はなれた一星系の小惑星帯に運ばれた。大きめの一小惑星上で数時間待つと、独特の形状の宇宙船があらわれた。

重なり合ったふたつの船体が数本の支柱と一本のシリンダーでつながっている。主要なほうの船体はやや扁平で、船首と船尾がまるくなった楕円形をしている。左右には角張った細長い箱状の、アウトリガーのようなものが付属していた。ただ、ハンガイ銀河のカルタン人が使うようなトリマランではない。

その下方に位置するもうひとつの船体は主船体の五分の三ほどの大きさの直方体で、そこにたいらな円形の部分がシリンダーで結合されている。

ローダンはその船にどことなく見おぼえがあった。船体に記されたスプリンガーの文字を読んで、その理由がわかった。

そこには《オスファーⅦ》とあった。

ジェフリーは〝緊急の用件〟で同行できないことを謝罪し、一行を転送機で送り出した。

到着した転送機室は従来の概念をくつがえすものだった。技術装置類はすべて厚いカーテンでかくされ、壁はアンティークふうのはめ板で、床には柔らかなカーペットが敷かれ、天井を見あげると、そこは重厚で装飾的な化粧漆喰《しっくい》仕あげだった。転送機自体も大理石を削り出して、そこにさまざまな部品が付加してある。

かれらを出迎えたスプリンガーたちが場違いに見えるほどだった。かれらは金糸の刺繍があるもののそれ以外は簡素な、赤いコンビネーションを着用していた。この転送機室には豪華絢爛《けんらん》な衣装のほうが似合うだろう。

禿頭《とくとう》にグレイの眉と豊かな頬髭《ひげ》の一スプリンガーが近づいてきた。

「わたしはアルカー・バン・オスファー、船長のいとこだ。きみたちが到着したらすぐに連れてくるようにと指示されている。船長は〝暗黒空間〟で待っている」スプリンガーはイホ・トロトからグッキーに目をうつし、またハルト人に視線をもどして、信じられないといいたげな声をあげた。「船長に異星の友が多いことは知っていたが、まさかイルトとハルト人までいるとは思わなかった」

「かれがキャプテン・アハブとして知られるようになる前からの知り合いだ」スプリンガーの反応を見ながらローダンがいった。アルカー・バン・オスファーが眉ひとつ動かさなかったので、ローダンは正鵠《せいこく》を射たと感じた。

スプリンガーは一行を木目のパネルが貼られた反重力シャフトに案内し、先に立って上昇していった。シャフトを出ると同じように木目のはめ板が貼られた通廊で、壁には明らかにブルー族の手になる芸術作品が飾られていた。突き当たりのキャビンに入った瞬間、無数のちいさな光が点灯した……まるで宇宙空間の星の海に飛びこんだかのようだ。〝暗黒空間〟は巧妙に設計された、永遠を感じさせるプラネタリウムだった。

「わが船にようこそ。キャプテン・アハブは死んだと思われていた者たちを歓迎する」

力強い大声が響いた。

一・九〇メートル近い長身の、燃えるような赤毛を肩まで垂らした、肩幅のひろいがっしりした男があらわれた。まるで星の海からまっすぐ歩み出てきたかのようだ。印象的な登場だった。ブルーグリーンの蛍光色の衣服が堂々たる体躯《たいく》を何層にもつつんでいる。ただ、歩き方は奇妙だった。両脚が妙なぐあいにねじれていて、横歩きをしている。

かれはひとりひとりの名前を呼んで挨拶し、最後にブルとローダンの手を同時にとると、強く心をこめて握りしめた。

「このマスク姿で会うしかないのは申しわけないが、わたしのほんとうの姿を見て耐えられる者がいるとは思えないのでね。だが、まず、ペリー・ローダン、どうしてわたしが船長だとひと目で見抜いたのか教えてもらいたい」

ローダンはキャプテン・アハブのマスクを装着したストーカーを見るのははじめてだったが、スティギアンとの決闘に敗れたあと、かれになにがあったのかはブルから聞いていた。

「逆にたずねるが」と、ローダン。「きみはいまでもどこかの宙域で宙賊行為をつづけているのか？ グラドのナンドゥル・カームがきみのことで文句たらたらで、きみと船のようすをくわしく教えてくれたのだ」

「それが情報源か」と、アハブことストーカーが笑いながらいう。「だが、昔の話だ。むしろわたしはグラド一族が気にいっていて、ギャラクティカムと援助条約を結ぶよう説得していた。かれらが拒否したので、揺さぶりをかけた。自分に向けて私掠許可状を発行し、かれらの領域内でちょっと暴《あば》れてみたのだ。だがグラドに撃退され、わたしと部下は《オスファーⅥ》の残骸のなかに放置された。運よく《オスファーⅦ》が近くを通りかかったので助かったが」

「あんたは重要な外交任務をまかされたそうだな、アハブ」ブルがいった。「カンタロとの交渉は進展してるのか？」

「ふむ」アハブは真顔になった。「それは極秘事項だ。これ以上はいえないと理解できるはず。とりわけ、きみたちがすべての真実を語っていない状況では」ローダンに非難がましい目を向ける。「ガルブレイス・デイトンから話は聞いていたが、きみたちが大マゼラン星雲にいたというのは初耳だ。なぜいままでかくしていた？」

「自己防衛のためだな、いってみれば」ローダンはいまさらながら、ナンドゥル・カームのことをストーカーに話したのを後悔していた。「デイトンはわれわれを犯罪者のようにあつかっていることもきみに話したのか？　必要以上のことをかれに話す理由はない」

「いったいなにをかくしているのだ？」ストーカーが問いつめる。

「じつのところ、銀河系船団がどこにかくれているかだけだ」と、ローダン。「それ以外は些々《ささ》たることで、われわれに不利な反応が起きないように伏せているにすぎない。デイトンの尋問は友好的なものではなかった。そうでなければ、どうしてわれわれが破壊された一シラグサ・ステーションでおもちゃのカンタロを見つけたことをかくす必要がある？　ポイント・シラグサで《ナルガ・サント》の一部を発見したことも秘密にしたくはない」

　キャプテン・アハブはうなずいた。

「不幸な事故だった。カルタン人があの巨大船で銀河系に向かったのはほんの二年前だ。デイトンは侵略を警戒し、船を追いはらった。あとになって、カルタン人がじつはわれわれを助けようとしていたことがわかった。だが、災厄はその前にすでに起きてしまっていた。そのために《ナルガ・サント》は破壊された。きみたちが見たのはその五分の一の残骸だ。のこる五分の四は時空のなかに失われた……」

「どうして難破したカルタン人を救助しようとしなかったのさ？」グッキーがとがめるようにいう。

「一度は救助活動の話もあったのだが、忘れられてしまった。思い出させてくれてよかった、グッキー。なにか手を打とう」

「その必要はない」と、ローダン。「カルタン人は自力でうまくやっている。かれらと話したところ、すでに三角座銀河から救助が向かっているそうだ」

　グッキーが救助の話をしたとき、ローダンはかっとなった。ネズミ＝ビーバーを先頭にギャラクティカーが《ナルガ・サント》のカルタン人を救助したら、歴史に大きく干渉することになり、タイム・パラドックスを引き起こすだろう。難破した者たちをいま救助してしまったら、ジュリアン・ティフラーはどうやって六五三年後に、生きのびたカルタン人の子孫に出会えるというのか？

　しかもそれ以上に厄介な問題がある。ここで嘘をつくことで、難破した者たちのことが忘れ去られてしまう不安があった。

　時間について考えはじめると悪循環におちいるばかりだ。時間というのがむずかしいテーマであることはわかっていたが、実際に体験してみないと、それがどれほど複雑な問題なのか実感するのはむずかしい。

　アハブがなにを考えているのかわからない目つきでローダンを見た。

「ガルがきみを信じられないというのも無理はない気がしてきた。実際、きみの態度はひどく奇妙だ。なにがしたいのか、ほんとうにわかっているのか？」

「話がそれてるな」ブルが割って入った。「カルタン人のことより、ブラックホールの話をしようじゃないか」

「そう、ブラックホールだ」と、アハブ。「冗談ごとではない。ブラックホールをアインシュタイン＝ローゼン橋として利用できるのはカンタロだけだ。だが、きみたちもそれをやっている。どうやったのか、それもきみたちの秘密のひとつだ」

「秘密などない。なんでも話そう」と、ローダン。「シラグサ・ブラックホールの事象の地平線の向こうには制御ステーションがある。われわれは通常空間でそれに捕まり、ブラックホールに投げこまれた。なにが起きているのかもわからないままペルセウス・ブラックホールに転送され、そこのステーションから即座に通常空間に投げ出された。どんなメカニズムでそうなったのかはわからないし、カンタロのことも知らない。これが真実のすべてだ、ストーカー」

「アハブと呼んでもらいたい」と、もとソト。「きみたちを信頼しているから、その話も信じたい。ホーマー・ガーシュイン・アダムスはわたしをつねに愚者あつかいし、わたしはかれの指示にしたがってきた。かれは全面的にきみたちの味方で、ぜひ会いたいと思っている」

「アダムスはどうしてるんだ？」と、ブル。

「災厄が起きたとき、かれは宇宙ハンザのチーフだった」アハブは両腕を大きくひろげた。「収支状況はよくなかった。新規市場は開設できず、古い市場は停滞していたから。だが、愚痴は本人から聞くといい。任務が終わったらきみたちをかれのところに連れていこう。死ぬほど会いたがっているから」

「その任務とは？」と、ローダン。

アハブは探るような視線をヴァニに向けた。ディトンが信頼する彼女の前で、旧友とこの話をしてもいいものかどうか迷っているかのようだ。だが、かれは心を決めたらしくこういった。

「カンタロに接近するのは困難だ。ある一線をこえると、かれらは妥協なく攻撃してくる。そこでわたしは囮《おとり》を用意した」

*

「テラの犯罪学の格言で、犯人はかならず現場にもどるというのがなかったか？」

キャプテン・アハブはそういって自分の計画を説明した。恒星の名前はアルガメ。かつて第二惑星に宇宙ハンザのちいさなオフィスがあった。おもにジャンク品の倉庫として使われていて、惑星には〝ジャンク〟という不名誉な名称があたえられた。オフィスにいるのは六名のハンザ職員だけで、おもな仕事はロボット設備の保守整備だった。四六九年、ジャンクは〝電光撃〟に襲われ、銀河系でいっきに有名になった。カンタロが二十年にわたって姿を消す前の、最後から二番めの攻撃だった。さいわい、そのとき職員はだれもオフィスにいなかった。一職員の誕生日で、そのお祝いのために全員が小惑星帯に行っていたから。パーティが最高潮に達したとき、ジャンクが燃えあがった。まるで誕生日のろうそくのようだった、と職員たちはのちに自虐的ユーモアを交えて語っている。

一職員は冷血にもすべてを記録してさえいた。映像記録だけでなくさまざまなデータや分析もあって、これらは大いに役だった。

そのなかに〝電光撃〟の前後に記録された奇妙なハイパー・インパルスがあった。解読して意味を探り当てることはできなかったが、〝電光〟の破壊的効果の不可分な一部であるらしい。

キャプテン・アハブは三カ月前、たまたまこの記録の存在を知り、問題のハイパー・インパルスを実験的にカンタロに向けて送信してみた。恒星の対探知の楯にかくれて、遊弋《ゆうよく》中の三隻のカンタロ艦に向けてインパルスを放ったところ、驚くべき反応があった。

カンタロ艦はインパルスを受信すると、すぐさま狂ったようにあらゆる周波数で交信をはじめた。それだけでなく、その宙域内をはげしく動きまわった……まるで送信元を必死に探しまわるかのように。

すくなくともアハブはそう感じた。対探知の楯にかくれた《オスファーⅦ》が発見されなかったのは幸運だった。

「ハイパー・インパルスの意味は不明だが、それがカンタロにはげしい反応を起こさせることはわかった」アハブが話を締めくくる。「わたしの唯一の意図はカンタロの注意を引き、かれらとコンタクトすることだ。惑星ジャンクには送信機を設置して、あの不気味なインパルスをいつでも送信できるようにしてある」

「なぜそんなとるにたりない惑星を実験地に選んだんだ？」ローダンがたずねた。

「恒星アルガメがアクティヴと考えられるブラックホールから十光年しかはなれていないからだ。カンタロをおびき出すには最適だ」

「そのブラックホールも宇宙要塞で監視されているんだろう？」

「あれは無意味だ」アハブがさらりという。「警報が作動して要塞が到着するころには、カンタロはとっくにブラックホールをあとにして、どこかに行ってしまっている。ディトンは認めたくないだろうが、かれの監視システムは〝電光〟にくらべると遅すぎる」

「そんなことないわ」ヴァニが反論した。「わたしも監視任務に就いていたから、警報がどれほどすばやく作動するかよく知ってる。銀河系の技術の粋《すい》を集めたものよ。ペリー・ローダンと友たちがブラックホールを出た瞬間に包囲されていたことも確認してる」

「われわれの基準では技術の粋でも……カンタロに対しては遅すぎるのだ」アハブがしずかに指摘した。

「だったら、どうするんだ？」と、ブル。

「囮を使う」アハブはにやりとした。「きみたちはそれをライヴで見られる」

＊

アハブはあらゆる種類のセンサーや記録装置を仕こんだ特殊な防護服を着用した。装置のいくつかは非常に目立つのでカンタロに発見されるにちがいないと思えたが、うまく擬装して見つからないことが期待できるものもあった。

その状態で宇宙レンズに乗りこむ。内部はせまく、腹這いになってからだを押しこまなくてはならない。最終チェックのあと、レンズは遠隔操縦で第二惑星に向かった。指示は通信機で、いとこのアルカーが一時的に指揮を執る《オスファーⅦ》の乗員に伝えることになる。

「送信を開始しろ」アハブは小惑星帯と第二惑星ジャンクの中間まできたところで命令した。

「早すぎませんか？」アルカーが異議を唱える。

「命令だ！」アハブの怒気をふくんだ声が響く。「すぐにしたがわないなら、追放する」

「了解」スプリンガーはそういって唾《つば》を飲みこんだ。シントロニクスに記録してあるハイパー・インパルスの送信を指示し、報告する。「送信しました」

「カンタロがあらわれたらすぐに知らせろ」と、アハブ。

司令室内に緊張がはしった。一分が永遠にも感じられる。だが、十五分が過ぎても状況に変化はなかった。

ジャンクから自動送信されたハイパー・インパルスの継続時間は三十秒ほどしかない。そのあと通信機は沈黙したままだった。

「ハイパー・インパルスを再送信しますか？」と、アルカーがたずねる。レンズと《オスファーⅦ》のあいだの通信は集束ビームを使っているので散乱がすくなく、同一直線上にいない相手に傍受される可能性はちいさかった。

「やめておけ」と、アハブ。「うまくいくか……まったくだめかだ」

いったとたんに警報が鳴り響いた。

「一カンタロ艦を探知。小惑星帯から一千万キロメートルです」シントロニクスが報告する。「速度を光速の八十パーセントから、数秒で半分に落としました。まっすぐ第二惑星に向かっています」

この時点でアハブのレンズはジャンクから六十万キロメートルの位置にあった。

「思ったとおりだ！」アハブが勝ち誇って叫ぶ。「では、最後にもう一度インパルスを送信しろ。うまくやれよ。今回はわたしのレンズを経由して送信する。カンタロはこのレンズが発信源だと思うはず」

「了解」アルカーはローダンたちに向きなおり、こうつけくわえた。「ときどき、いとこはわたしのことをまったくのばかだと思っているのではないかと感じることがある」

「どうしてだろうな？」レジナルド・ブルがいったが、その言葉はアルカーの耳にはとどかなかった。すでに忙しく自動送信装置をチェックしていたから。

「カンタロ艦がコースを変更しました」と、シントロニクス。「宇宙レンズに向かっています」

「すばらしい」アハブがよろこびの声をあげる。「すでに探知機でとらえた。ずいぶん大型だ」

カンタロ艦は船腹からななめに柱状構造物が突き出したおなじみのこぶ型艦だったが、全長は四百メートルほどあり、これまでに目撃されたほとんどの艦よりも大きかった。

「ハイパー・インパルスはカンタロになにを予期させたのだろう？」イホ・トロトがいった。「レンズのようなちいさなものが見つかると思っていたはずはない。だまされたと思い、攻撃してくるかもしれない」

「連中にそんな感情がないといいんだけど」と、グッキー。

「カンタロ艦が接近」アハブが報告する。「こちらの上を押さえた。垂直の柱状構造物がまっすぐレンズに向いている。ハッチが開いた。レンズは拘束フィールドにとらえられ、格納庫に引きこまれている。レンズの機器が次々に停止。すぐに通信もできなくなるだろう。その場から動くな、アルカー。たぶんあとでミニスパイ機ひとつふたつを作動させられるだろう。おっと、衝撃がきた！　レンズを缶詰みたいに開けようと……」

　このメッセージを最後に、通信はいきなりとぎれた。

　三時間半後、キャプテン・アハブから突然、まったく予期しない連絡があった。

「《オスファーⅦ》、こちらアハブ。カンタロは策略を見破ったが、わたしに連絡の機会をくれた。ただ、そちらからの連絡はできない。わたしはぶじだ。いささか背中が痛い点をのぞけば。よく聞け。その場から動くな。そちらにもどれる確率は低くない。生命に危険はない。カンタロはいまだに姿を見せていないが、話し合いには応じるそうだ。なかなかの進展だろう？　たぶんこれを皮切りに……わかった。通信終了！」

　さらに数時間が経過したが、アハブからの連絡はなかった。レンズを艦内に収容したカンタロ艦は惑星ジャンクの旧ハンザ商館の敷地に着陸し、以来移動していない。なんの活動も見られなかった。

アルカーは徐々にいらだちを募らせ、小惑星帯のかくれ場から出ていくことを真剣に考えはじめていたが、オスファー氏族から追放されるかもしれないとブルにいわれてあきらめたようだ。

「ぼくがカンタロ艦にテレポーテーションしてみようか」グッキーが意味ありげにプシ・プレッサーをいじりながらいったが、ちらりとローダンを見て、「あんまりいい考えじゃないかもしんないね」と、いいなおした。

「状況が違えば検討に値《あた》いするだろうが、結局、きみがひどい目に遭うことになるだけだ」と、ローダン。「介入しないと決めたことを忘れるな」

イホ・トロトが四本の腕すべてをひろげ、なにかをつかむようなしぐさをして、四本腕で架空の肉体を抱きしめた。

「一度カンタロをこの手につかんで遊んでみたい」と、がらがら声を響かせる。「そうすればもう、謎めいたものではなくなるだろう」

ヴァニはアルカーに端末の使用許可をもとめ、ノートをとりはじめた。ローダンがそれを見つめる。まるでその視線に気づいたかのように、彼女は振り返った。

「わたしにかくしごとはありません。見たければノートを見てください。個人的な日記のようなものですけど」

「不作法なことはしたくない」と、ローダン。

「かまいませんよ」ヴァニはそういって背もたれにからだを預け、画面がよく見えるようにした。

　ローダンが身を乗り出し、読みあげる。

「……かれがどうして自分と友たちを秘密のヴェールにつつんでいるのかはわからない。でも、たぶんローダンの動機はわたしと似たようなものだ。まだ自分自身の時代に囚われていて、わたしが嘘の上に築かれた商館での人生と折り合えないように、変化した構造と折り合えずにいるのだろう。わたしはガルに歴史を捏造《ねつぞう》させ、それをかれに対抗するための証拠として使うことにした。だが、かれがわたしを信頼するようになったいま、方針を転換し、知ったことは自分のなかだけに秘めておくことにした。ローダンにはガルの恋人だと嘘をつき、自分の大いなる願望を成就する機会を、あの魅力的な男性と親しくなる機会を失った。まだチャンスはあるのだろうか？」

　ローダンは顔をあげ、彼女の目をのぞきこんだ。そこには画面上と同じ疑問が見てとれた。

「かつてチャンスがあったなら、いまもあるだろう」ローダンは巧みに返答を避けた。

「われわれ、おたがいに話すべきことがたくさんあるようだ」

　実際、彼女は貴重な情報をいろいろと知っていそうだった。だが、彼女の想いを利用して情報を引き出したくはない。

「ええ」ヴァニが悲しげな顔でいった。「そうですね……」

ちょうどそのときアハブから二度めの連絡があった。

「話し合いは終わった。一時間後に惑星ジャンクから回収してくれ。一分早くてもだめだ。カンタロが誤解するかもしれない」

しばらくするとカンタロ艦が第二惑星からスタートし、《オスファーⅦ》のそばを通って小惑星帯を抜け、五百万キロメートルはなれたポジションで待機状態に入った。

この状況はオスファー氏族に不安を感じさせた。カンタロはなんのために待機しているのか、自分たちがアルガメ星系をはなれようとした場合、《オスファーⅦ》を拿捕《だほ》しようとするのではないか、と。賭け率は七対九で有利だが。

期限が過ぎるとアハブの船が第二惑星であるジャンクに着陸した。氏族の長はかつての着陸場のガラス化した地上に、レンズの残骸を前にしてすわりこんでいた。レンズは巨大な万能カッターで切り開かれたかのようで……技術的に高度なカンタロが乗員を引きずりだすにしてはひどく原始的だった。原始的だが、驚くほど印象的だ。

アハブはもう特殊防護服を着用していなかった。すぐ前に小型プロジェクターがあり、かれの周囲に防御フィールドを展開している。船内に収容するとプロジェクターは内破して停止した。

「あの詐欺師ども！」アハブが横歩きで司令室内に円を描きながらうめいた。「スパイ機はぜんぶ発見された。記録も情報も持ち帰れなかったということ。かれらの姿も見られなかった。遠くから話しかけてくるだけで、姿を見せないんだ。あらゆる点で筋の通らない連中だった……ま、いい。すくなくとも和平交渉のテーブルに着く約束はとりつけた。交渉場所も惑星オリンプでいいことになった」

4 電光撃

マルディグラ。ソル型恒星プーデンの周囲をめぐる六つの惑星の二番め。銀河系中心部の西のはずれに位置し、テラからの距離は二万三千四百八十光年。火星サイズの惑星で、大気は人類が呼吸できるよう酸素濃度をあげてあるが、現地の動植物に影響はない。自転周期は十六・五時間、重力は〇・七八G。もっとも進化した原住生命体であるディルト人はサルに似た顔をしたペンギンのようで、そのしかめ面がよく知られている。表情の変化がはげしく、まるでさまざまなマスクをつけ替えているように見える。惑星名はディルト人のこの特徴にちなんでいる。マルディグラとはカーニヴァルのこと。宇宙ハンザの商館が赤道地帯の広大な平原に設置されている。ハデスと呼ばれる都市が宇宙港をかこむようにひろがり、そこにサイロ、貯蔵庫、管理棟など、商館の施設も置かれている。現在、四万名のギャラクティカーがあらたにここを故郷と定め、ほかに約二千名のハンザ職員が常駐している。以前はもっと職員数が多かったが、合理化により商品輸送拠点が惑星周回軌道上にうつされた。この商館は四二四年、超越知性体セト＝アポフィスのいわゆる〝コンピュータ悪性セル〟によるコンピュータ・ネットへの攻撃で機能を麻痺させられたことから有名になった。以後、この惑星はハンザ商館としての重要性を大きく落とした。マルディグラは戦略的に重要な位置にあるわけでもないため、四九〇年にカンタロがこの惑星に注目したのは意外だった……宇宙ハンザのチーフであるホーマー・G・アダムスがここに住居を持ち、長らく死んだと思われていた友たちとひそかに会合し、そこに〝大マゼラン星雲の海賊〟キャプテン・アハブも参加していることをかれらが知っていたのでないかぎり。だが、カンタロがこの情報を知っていたとは考えにくかった。かれらがギャラクティカーのなかにアンドロイドのスパイを送りこんでいた時期は、五世紀末のこのころにはとっくに過ぎ去ってしまっていたから。カンタロが現在にいたるまで、ギャラクティカーに対する遺伝子実験と超能力を有するミュータントの品種改良をくり返していることは証明されている（反ミュータント法が制定された理由のひとつでもある）。

だが、カンタロのミュータントたちは、かれらの道徳と倫理がギャラクティカーのそれとほとんど一致しないことの、恐るべき実例でしかなかった。いずれにせよ、カンタロがギャラクティカーのなかに紛れこむことはもうないというガルブレイス・デイトンの宣言はきわめて信頼度が高く、プロパガンダだと切り捨てることはできなかった。だが今回ばかりは、〝グレイの参謀〟はまちがっていたことが証明された。カンタロがなぜマルディグラのハンザ商館という重要でもない施設を破壊したのか、説得力のある説明はできない。ただ、かれらがなんらかのかたちで情報を得て、細胞活性装置保持者がそこに集まっていることを知り、それを排除しようとしたというなら話はべつだ……オリンプでの和平交渉というのも真剣な話ではなかったことになる。

四九〇年　ヴァニの〝夢〟より

つぎはぎされた男は宇宙ハンザの本部建造物でもっとも高い塔の最上階にある自分のオフィスでかれらを迎えた。そこからは宇宙港とハデスの都市スカイラインを一望できる。宇宙港には惑星間飛行用の小型艇数十隻のほか、さまざまなタイプの大型宇宙船二十隻が着陸していた。

日付は四九〇年三月二十三日。ペリー・ローダンと友たちはこの時代にすでに三週間滞在していたが、いつもとの時代にもどるのか……そもそももどれるのか……は、いまだに判然としなかった。

時刻は標準時で二十三時四十四分になるが、宇宙港は昼下がりのうだるような熱気につつまれていた。かたむいた展望窓の向こうは活気に満ちている。

着陸場にほかの宇宙港のような喧噪《けんそう》はなかった。マルディグラの時計はほかのハンザ宇宙港の時計よりもゆっくりと時を刻むらしい。ここでの生活はのんびりとおちついている。

平和な、牧歌的とさえいえる生活だ。

ホーマー・G・アダムスはかれらを迎えても言葉すくなだったが、ふたたび会えてよろこんでいるのは明らかだった。数十年ぶりに会ったとは思えない印象だ。

「時間跳躍者たちがきたぞ、ガーシュイン」ローダンたちが入ってくるとキャプテン・アハブがいった。「自分で判断するんだ。かれらはほんものか、それともカンタロがつくったドッペルゲンガーか？」

「ほんものではないと疑ったことなどない」アダムスは笑みを浮かべてひとりひとりと握手した。イホ・トロトにかかえあげられても文句はいわない。

アダムスはローダンの最初の盟友のひとりだった。第三勢力の発足後すぐに仲間にくわわり、その後ジェネラル・コスミック・カンパニーを創設した。この間にかれはテラにおける財務の突出した天才として、太陽系帝国が銀河系内で経済的に大きな存在へと急成長するのに主要な役割をはたした。

レジナルド・ブルと同じく、かれも旧暦二三二六年に超越知性体〝それ〟から細胞活性装置を受けとっていた。

曲がった背中、まばらなブロンドがとり巻く大きな頭、かたむいた歩き方などを欠陥と考えたことはなく、外科的な矯正術はいっさい受け入れようとしない。肉体の障害をそのまま受け入れ、外見は内面的な価値とは無関係だと身をもってしめしつづけている。

アダムスはカメラ的な記憶力を有し、半ミュータントとみなされていた。グッキーがその点を当てこすった。

「やあ、ホーマー、なんで口枷《かせ》をつけてないんだい？　ま、ハンザのチーフならそのへんはどうにでもできるんだろうけど。せめてニンジンのジュースでも出してくんないかな。ぼかあ嚙めないんだ」

しばらくはそんな気楽な話がつづき、やがてストーカーが任務について話しはじめた。

アダムスは熱心に耳をかたむけ、話が終わるといった。

「結果は良好らしいな。すぐに詳細な報告を銀河戦争評議会に提出すべきだろう。この種の会合の準備にはいろいろと組織内の問題が生じるもの。セキュリティ対策だけでも……」

ストーカーは両手をあげてアダムスをさえぎった。

「心臓発作を起こす前に知っておいてもらいたいが、デイトンにはすでに通信で報告してあるのだ、ガーシュイン。そもそも、はっきりしたことはまだなにも決まっていない。カンタロとは二度めの会合をとり決めた。わたしは全権を委任されていなかったし、相手もまず上層部と相談する必要があったから。一週間以内にギャラクティカムの決定をかれらに伝え、細かい交渉はそれからだ」

「場所はどこで？」

ストーカーはにやりとした。

「いや、ガーシュイン、交渉の場所はわたしのちょっとした個人的な秘密だ。大艦隊を派遣されて、わたしの努力をだいなしにされたくはない」

「ま、好きなようにするといい」アダムスはそっけなく応じ、ローダンに向きなおった。「ガルブレイスに明かしていない、宇宙ハンザにとって意味のある情報を持っていませんか？」

「とくにないな」ローダンは嘘をついた。宇宙ハンザにとって有利な情報はたしかに持っている。大マゼラン星雲のハンザ拠点、ベカッス人の故郷星系、パウラ・ブラックホール宙域に関する情報を。ただ、アダムスがその件をほのめかしているのか、あるいはほかのだれかが尋問中に手がかりになるようなことをいったのか、ローダンにはわからなかった。最終的に、これは観測気球にすぎないと判断する。「なぜそんなことを訊くんだ？」

「あなたが自分の経験を話さないからですよ」と、アダムス。「ガルブレイスの轍《てつ》を踏んで質問攻めにする気はありませんが、われわれにとって重要な情報を持っているなら、共有してもらわなくてはなりません。銀河系の運命がかかっているかもしれないんですから。そのことを心にとどめておいてください、ペリー」

ローダンは考えるふりをしていわれたとおりにし、こういった。

「そんな情報は持っていないが、なにか重要なことがわかったら知らせよう、ホーマー」

アダムスは満足したようにうなずいた。

しばらくぎごちない沈黙がつづく。

たがいにもういうことがないかのようだった。

いうことはたくさんあるのに、とローダンは思った。なのに話せないのは、この時代に影響をあたえるわけにいかないからだ。ここには短期間滞在するだけで、本来の時代に帰らなくてはならない。かれは湧きあがる思いを断ち切り、こう考えなおした。いや、本来の時代に帰るのではない。そこにいたる道は閉ざされているから。だが、なんとか一一四三年にもどる道は見つけられるだろう。数奇な運命によってたどり着いた時代に。

グッキーがかれの注意を引き、いらだたしげに口枷のようなプシ・プレッサーをいじった。当惑のしぐさのようにも見えるが、そこにはグッキー本人が思う以上のものがこめられていた。

*

「口枷がいやならはずしてしまえばいいだろう、ちび」と、ストーカー。アダムスもグッキーに向かってうなずいた。

「そのとおりだ。きみがそんなもので苦しむいわれはない」

「内緒だけどさ、ガーシュイン」グッキーがハンザのチーフにいう。「これはもうちゃんと機能してないんだ。いまでも他者の考えは自由に読めて……」

かれは電撃を受けたかのように黙りこんだ。

「どうした？」と、ローダンがたずねる。グッキーのおちつかない態度が注目を集めるためだとは、もう思っていなかった。「毛皮にシラミでもいるのか？」

「いんや、神経節にいるみたいだ。どっか遠くから異質な力がぼくの精神に入りこもうとしてるみたいなんだ。つまり、そいつは存在に気づかれたくないんだけど……ぼくがインパルスを感じてるってこと」

アダムスは耳をそばだてた。

「そのインパルスの意味はわかるか？」

グッキーは首を横に振った。

「まちがいなく遮蔽《しゃへい》されてるね。まるで懸命にテレパスから思考をかくそうとしてるみたいに。でもインパルスは感じる。とっても弱くてはっきりしないけど……明らかに異質で……狂った脳が発してるみたいな……」

　ローダンはネズミ＝ビーバーからアダムスに視線をうつした。アダムスは強い心理的圧力を感じているかのように緊張している。

「どういうことだ？」ローダンがたずねた。

「たぶんなんでもないでしょうが……そこに賭けるわけにもいきません」アダムスはそういうと、急いで手近なヴィジフォンに駆けよった。

「第一レベル警報！　全知生体はマルディグラからただちに退避せよ。脱出プラン〝電光〟を発動する。これは訓練ではない。くり返す、これは訓練ではない」

　直後に警報のサイレンが鳴りだした。

「電光？」と、ブル。

　アダムスはうなずいた。

「電光に襲われた世界はどこも、その前に一種のパニック放射に見舞われたと報告しています。電光はその混乱のなかに撃ちこまれるんです。テレパスであるグッキーは、いわば警告を感じとったんでしょう。どうやら今回は最悪の事態を回避できそうです。ただちにマルディグラから住民を退避させないと」

「人命救助ってことなら、これはもういらないね」グッキーはプシ・プレッサーをはずして投げ捨てた。

「わたしの宇宙船を使うのがいちばんいい」と、ストーカー。「いつでもスタートできる。きみの転送機で乗船しよう、ガーシュイン」

「それならぼくも手伝う……」いいかけたグッキーがいきなり悲鳴をあげ、からだを折って痙攣《けいれん》しはじめた。ブルがあわてて駆けよったが、ネズミ＝ビーバーはかれを押しのけ、とぎれとぎれにいった。「口枷を……とって……」

ヴァニティ・フェアが最初に気づき、プシ・プレッサーをひろってグッキーに装着した。

かれはほっと安堵の息をついた。

「助かったよ。狂気の放射が弱くなった」

「ガルブレイスがきみにプシ・プレッサーを装着させたのが善意からだったとわかったな」と、アダムス。「いまはとにかく転送機だ。ここをはなれよう。住民全員を避難させる時間があるといいのだが」

一行がアダムスのあとにつづき、ストーカーも出口に向かう。グッキーはローダンとヴァニの手をつかんでテレポーテーションした。

ストーカーの船の司令室に実体化したとたん、グッキーはふたたび血も凍るような悲鳴をあげ、プシ・プレッサーを頭からむしりとった。乗員たちがなにごとかと見守るなかない。

　グッキーははげしく暴れまわり、未知言語の断片のような低く太い声をあげつづけた。ときおり意味のある単語も混じるが、一貫性は感じられない。

「狂気……百万の常軌を逸した者たち……狂って……終わり……死にそう……」そのあと喉の奥から声がほとばしる。「ヌム・エク・チェルチェク・エンク・グック……」

　イルトは口から泡を吹いた。一スプリンガーがローダンとヴァニに手を貸し、なんとかグッキーを床に押さえつけたところにストーカーとほかの面々が到着した。

「緊急スタート！」と、ストーカーが命じる。ここの乗員にとって、スタート準備を開始するにはそのひとことで充分らしかった。

「どうしてこの世界の住民がいっせいに正気を失ったようにふるまいはじめたんです？」アルカー・バン・オスファーがたずねた。事態の深刻さを理解しておらず、滑稽な面だけを見ているようだ。「群衆が宇宙港と宇宙船のまわりに集まってきてるのはなんなんです？　競走でもしてるんでしょうか？」

「なにごとでしょう？」シントロンもそうたずねた次の瞬間、自動的に警報が鳴りだした。

「マルディグラ全域にパニック放射！」シントロンが報告する。「離陸はわたしが制御します」

ローダンがその言葉を聞くと同時に、矛盾した感情の波が襲ってきた。

おかしな考えがいきなり脳裏にあふれる。とても解決できないと思っていた複雑な問題が、急に単純そのものに思えてくる。

たとえばジェフリー・ワリンジャーの件だ。もちろん、いずれ細胞活性装置が盗まれると本人に告げるわけにはいかない。タイム・パラドックスが起きてしまう！　だとしたら、ジェフリーを救う解決策は明らかだ。

未来にもどったとき、いっしょに連れてくればいい！　単純な話だ！

どうして時間跳躍のことを秘密にして、事態をややこしくしたんだ？　アダムスとストーカーに打ち明けていればかんたんだったのに。かれらが状況を把握すれば、必要な情報はすべて手に入ったはず。

ガルブレイス・デイトンが知る必要はない。

事情を知る友たちのあいだで情報を交換すればいい。

かんたんにできることを、なにもかも複雑にする必要はない。

そこで次の段階にうつった。

その瞬間、ローダンにはまだすべてがはっきりと見えていた。パニック放射の影響を受けていることはもちろんわかっていたが、恐怖は感じない。むしろなぜかれが……メンタル安定人間であり細胞活性装置保持者である自分が……ほかの者たちと同じように影響を受けるのか、不思議に思っていた。しかもグッキーまで？　ネズミ＝ビーバーのような万能のミュータントなら、この種の影響から自分を守ることができるはず。

　ローダンは困惑した。

　それが次の段階のはじまりだった。困惑が。

　かれの目は視覚情報を脳に伝えるが、精神がそれを解釈できない。周囲のあらゆるものがでたらめに見えた。ほかの者たちの声は聞こえるが、なにをいっているのかわからない。まるで異言語を聞いているかのようだ。

　この時点でかれは恐怖をおぼえた。それがかれを捕らえ、喉と心を絞めあげる。突然、ただ、すくなくともその恐怖が外部からもたらされていることは理解できた。ものをはっきり考えることができなくなり、方向感覚と平衡感覚が崩れた。

　荒波に揉《も》まれる小舟のようにあたりが揺れ動く。なにか柔らかいものにぶつかってしがみついたが、力強い腕で引き剝がされる。倒れると思ったとき、恐怖にゆがんだヴァニの顔が見えた。

　背後でシントロンの声がしているものの、悲鳴と叫び声で聞きとれない。司令室内は大混乱だった。からだがぶつかり合い、腕が振りまわされ、手がかりをもとめる手がつかんだり引っ張ったり……

やがてすべてが過ぎ去った。突如として。ローダンはなかばからだの上におおいかぶさった意識のないスプリンガーを押しのけた。

ストーカーはもう立ちあがっている。パニック放射の影響も克服したようだ。奥にはイホ・トロトがモニュメントのように身じろぎもせずに立っていた。ハルト人はパニック放射の最初の兆候を感じると同時に心を閉ざし、代謝を最小限まで下げたようだ。アダムスはローダンの前で四つん這いになり、茫然と宙を見つめていた。

「グッキーが警告してくれなかったら、まだ全員床に転がって右往左往していただろう」ストーカーが感情のない声でいう。「住民たちもぶじに惑星から脱出できているといいが」

「宇宙船は小型艇までふくめてすべてマルディグラからスタートしています」船載シントロニクスが報告した。「住民全員、ぶじに避難できたと考えてさし支えありません」

イホ・トロトが動きだした。鼻を鳴らして足踏みすると司令室が地震のように揺れる。

「グッキーはどこだ?」大音声が響いた。「抱きしめて感謝したい」

「やめたほうがいいわ」と、ヴァニ。「かれはまだ回復してない。いまも狂気のインパルスに苦しんでるようね」

彼女はネズミ＝ビーバーを膝にかかえて震える手を握っていた。グッキーはまだ全身をおこりのように震わせている。ただ、声は出さず、目も閉じていた。だれかが医療ロボットを呼ぼうとしたが、ストーカーが片手をあげてやめさせた。

「医療ロボットをネズミ＝ビーバーに触れさせるな。ミュータントの治療はできない」

アダムスが立ちあがり、ストーカーに全艦船への一斉連絡を要請した。シントロニクスがそれを命令ととらえ、即座に実行する。惑星をスタートしていた宇宙船からすぐに怒濤《どとう》のように連絡が入りはじめた。

アダムスはマイクロフォンごしに、全艦船はできるかぎりマルディグラから距離をとるよう指示し、最後にこういった。

「本番はこれからだ！」

*

「探知しました！」シントロニクスが報告した。「前方に隠密航行中のカンタロ艦四隻です」

「あの悪党ども！」ストーカーが憤然と叫んだ。「撃墜すべきだ」

「きみの任務はどうなる？」と、アダムス。

「そんなもの、シングヴァにくれてやれ！　理性のない殺人鬼どもと話し合ってなんになる？」

「カンタロ艦が加速中……」

突然、宇宙が爆発したかのようだった。ブルーがかったまばゆいひび割れが星の海をぎざぎざの線でふたつに分割する。その次元亀裂からエネルギー放電がほとばしり、数千の稲妻に分裂し、マルディグラに降り注《そそ》いで惑星を脈動するエネルギー網でつつみこんだ。

「遠隔探知だ！」と、アダムス。「マルディグラの地表の拡大映像がほしい。できればハデスと宇宙港のようすを。下でなにが起きているか、正確に知らなくてはならない。〝電光撃〟についてもっと知るチャンスだ」

シントロニクスが懸命にフィルターをかけているものの、遠隔探知映像はあらゆる種類の妨害要因のせいでぼやけて切れ切れだった。

それでもかまわなかった。受信したデータはその瞬間にマルディグラで起きたことを雄弁に物語っていたから。安全な場所まで逃げることができなかった知性体が地上にいたとしても、その恐ろしい死を目撃せずにすんだのはさいわいというべきだろう。

ブルーがかった稲妻状のエネルギー網は惑星表面からすべての熱を奪い、地表を絶対零度近くまで冷却した。ディルト人をふくむすべての動植物が瞬時に氷の柱となって死に絶えた。それほどすさまじい速度でプロセスが進行したのだ。

その後、マルディグラをとり巻いていたエネルギー網は消滅した。だが、別宇宙から想像を絶する力を放った時空の亀裂はすぐには閉じない。

最初は裂け目も徐々に閉じていくように思えたが、突然、そこからあらたな力が放出された。そのエネルギー量はシントロニクスの測定限界を超えていた。

この第二の電光撃はほんの一瞬で終息し、次元亀裂も閉じて、それ以上はなにも起きなかった。ただ、マルディグラでは災厄が進行していた。

シントロニクスが計算結果を表示すると、《オスファーⅦ》の乗員で多少とも熱力学の法則に通じた者たちはなにが起きようとしているのかを理解した。電光撃は惑星を燃える地獄に変えるのではなく、逆に熱を奪い去った。次は自然法則にしたがって反動がくる。第二の電光撃はエントロピーが豊富な別宇宙からマルディグラにエネルギーを送り、この過程を促進した。その結果、惑星は恐ろしい速度で加熱された。シントロニクスが表示する数値は人間の目が追いつけないほど目まぐるしく変化し、やがて地表の温度は摂氏一万度あたりで安定した。

マルディグラは燃えていた。地表は灼熱のマグマの海だった。

この恐るべき犯罪に、《オスファーⅦ》の船内にいる者たちは言葉もない。

「探知結果ネガティヴ」しずまり返ったなかにシントロニクスの声が響いた。「探知範囲内にカンタロ艦は見あたりません」

＊

この体験に大きく心を動かされたローダンは衝動的にアダムスに向きなおり、ふたりだけで話がしたいといった。かれらは隣室にうつり、ローダンは宇宙ハンザのチーフに話しはじめた。

「きみにとっても重要な話だ。だが、この情報は内密にしてもらいたい。ガルブレイスには話すなということ。思うに、かれが知れば艦隊を動かして、大損害を引き起こすだろう。そもそもこれはおもに宇宙ハンザの利益に関する話だ」

「そういうことなら、ガルブレイスには話さないと約束します」と、アダムス。

「大マゼラン星雲のパウラ星系にあるハンザのオフィスから撤退するよう忠告する。最低でもパウラ・ブラックホール近傍宙域でのカンタロの活動に適切な注意をはらい、監視すべきだろう。以上だ」

「ペリー、信用してくれて感謝します」

「マルディグラで起きたことをくり返させたくはない」ローダンはそういい、ほかの面々のところにもどった。

かれはタイム・パラドックスにつながるかもしれない行動は避けるという強い決意にそむいたことになる。だが、そのリスクを冒すだけの価値はあると思えた。

一週間後、かれらがオリンプに到着したあと、自分の決意を裏切った意味がなかったことがわかった。アダムスがかれをひどく失望させたのだ。

話はニュースで次のように伝えられた。

強力な護衛に守られた一ハンザ・キャラバンが大マゼラン星雲でカンタロに襲われた。第四惑星の商館に向かうギャラクティカーの船団がパウラ星系に入ったとたん、六隻のカンタロ艦から攻撃を受けたのだ。まったく予期しない攻撃だったため防御する間もなく、船はすべて破壊され、乗員の三分の一がどうにか搭載艇で脱出できただけだった。ハンザ商館もやはり完全に破壊された。

ローダンに会いにきたアダムスは打ちひしがれていた。

「こんなことになって面目ありません、ペリー」と、肩を落としていう。「こんな事態になったことそのものが申しわけない」

「約束を破ったな」と、ローダン。

「それは違います。約束はガルブレイスになにも明かさないということで、それは守りました。キャラバンを編成し、護衛もつけました。だが、充分ではなかった。わたしの責任です。せっかく忠告してくれたのに、ペリー」

「それはもういい」ローダンがいった。「《ハルタ》をボシック星系に持ってきて、自由に使えるようにできるか?」

5　大事件前夜

　オリンプ。恒星ボシックの第二惑星。太陽系からの距離は六千三百九光年。惑星の直径は一万一千百十四キロメートル、自転周期二十八・六時間、重力は一・〇三G。大気は人類が呼吸可能な酸素大気。大陸は七つあるが、うち六つは島といってよく、グリーンランド程度の大きさしかない。主大陸はその名にふさわしくアジアと同程度の大きさがあり、赤道を境に南北のひろさはほぼ同じ。この惑星にはもともと自由商人が入植し、主大陸北部に首都トレード・シティを建設していた。その後オリンプは太陽系帝国の経済援助で開発が進み、後進的な性質は改善されたが、残念ながらその代償に動植物の多様性は犠牲になった。それでも危険で異国的な動物はまだ、ほかの島々の自然保護区にのこされている。旧暦三四三〇年以降、地球がアンティ・テンポラル干満フィールドで五分未来に転移すると、オリンプは銀河系の交易都市としてとくに重要なものとなった。当時、コンテナ転送システムも試練にさらされ、アンソン・アーガイリスのマスクで政務に当たったヴァリオ＝50

〇のもとでその価値をしめした。オリンプを銀河系の注目の的にした最新の重要な出来ごとが起きたのは四九〇年四月末のことだった。オリンプに無数に存在する、海や湖で隔てられた島々のひとつ、ゲルニカという名前の島でのことだ。主大陸から西に千五百キロメートルはなれたこの八十平方キロメートルほどの島には最先端の会議場があり、そこがカンタロとの和平交渉の場に選ばれた。予定日は四月二十五日。それが可能になったのは、キャプテン・アハブが事前折衝で〝電光〟によるマルディグラの破壊に対して公式の謝罪を引き出し、かれらに遺憾の意を表明させたからだった。もうひとつのさらにちいさな島は、事情通にとってゲルニカ島以上に重要だった。ペリー・ローダン、レジナルド・ブル、ネズミ＝ビーバーのグッキー、ハルト人のイホ・トロト、それにかれらが信頼するヴァニティ・フェアが宿泊することになっていたから。

　その島はコルセア岩礁と呼ばれていた。一行はそこにマルディグラ崩壊後から丸一カ月滞在することになった。和平交渉が劇的な失敗に終わり、今回はあきらめてカンタロに背を向けることになるまで……

四九〇年　ヴァニの〝夢〟

ローダンの要請から三日後、ホーマー・G・アダムスから《ハルタ》がオリンプに着いたと報告があった。コルセア岩礁から二百キロメートルしかはなれていないちいさな無人島に着陸している。ホヴァークラフトが三隻あるので、その島まで行くのはかんたんだ。

ローダンはまず、アダムスが約束を守ったことを確認した。ホヴァークラフトをスタートさせ、島の上を飛んで《ハルタ》を確認してからコルセア岩礁にもどる。次に口実を使ってヴァニティ・フェアを遠ざけ、友たちをまわりに集めた。

「今回は立ち去る。これ以上ここにはいられない」

「なんでそんなに急いでんのさ？」とっくにプシ・プレッサーをはずしたグッキーがたずねた。「大急ぎで逃げ出すみたいじゃないか」

「ちょっとかんたんすぎやしませんかね？」ブルもそういった。「それに……かんたんに考えすぎてませんか？」

「ほかに手はない」と、ローダン。「思うに、ストーカーとジェフリーに支援をもとめるしかないんだ。ペルセウス・ブラックホールに向かう理由をなにか考え出さないと。かれらなら協力してくれるはず。ペルセウス宙域に到達してしまえば、カンタロの時間ステーションに行く方法も見つかるだろう」

「盗賊のように忍びこむというのは気にいらない」イホ・トロトがいった。「われわれ、充分な基盤を築いたから、もっと長くこの時代にとどまって情報を集めることもできる。

いまのところわかったことはあまりにすくなく、銀河系で実際になにがあったのか、それがだれのしわざなのか、結論を出すにはいたっていない。未来に空手で帰るつもりか?」

「これ以上タイム・パラドックスを引き起こすよりましだ」と、ローダン。「パウラ星系での出来ごとはわれわれに対する警告だった。第四惑星のハンザ拠点が瓦礫《がれき》に変わっているのを未来で見たとき、なぜそんなことになったのかと考えた。その答えがわかったわけだ。わたしがホーマーにヒントをあたえたことが破壊につながった。この時代に長くとどまれば、同じようなことがいつまた起きるかわからない」

「あなたの悩みはわかります、ペリー」ブルがいった。「ですが、起きちまったことは変えられない。カンタロがどのみちこの破壊行為を計画してたかもしれないわけですし。それに、わたしにゃタイム・パラドックスだとは思えません。われわれ、未来で小惑星帯となったパウラⅣの残骸を見ました。惑星が破壊されるのは必然だったということ。タイム・パラドックスっていうのは、未来で起きてないなにかが、われわれの介入で起きてしまったって場合でしょう、ペリー。そういう見方をすべきですよ」

「わたしがホーマーにヒントを漏らしたから、ハンザ・キャラバンが派遣された。その点は動かない」ローダンは頑固だった。「だから、キャラバンがカンタロによって潰滅した責任もわたしにある。二度とそんなことを起こしてはならない。だからこそ、できるだけ早くこの時代から離脱することが必要なのだ」

「問題は、そんなことが可能なのかって点だね」グッキーが口をはさんだ。

「なんとかしなくてはならない。早急に」と、ローダン。「ジェフリーとストーカーなら、あれこれ訊かずに協力してくれるだろう」

短い沈黙のあとイホ・トロトが口を開いた。

「急いでスタートするのが賢明だとは思えない。和平交渉の結果が出るのを待つべきだ。多くの情報が得られるはず」

ローダンは考えながらうなずいた。

「たしかに、その点は魅力的だ」グッキーとブルに目を向ける。「きみたちはどう思う?」

「交渉が終わるまで待つべきでしょうな」ブルがいった。「この時代に別れを告げる方法を考えるのはそれからでも遅くありません」

「同感だね」と、グッキー。「毅然としてられる自信がないならぼくにたよればいいさ、ペリー」

「わかった」と、ローダン。「多数決にしたがおう。山のような問題をかかえこむことになるとは思うが」イホ・トロトに目を向けていう。「じつのところ、きみと計画脳の協力を期待していた」

「ときには合理性を超克する必要がある」ハルト人は簡潔にそう答えた。

ローダンはその言葉をよく考えてみたが、深い意味があるのかどうかわからなかった。

ローダンが考え終わる前に、ジェフリー・アベル・ワリンジャーがハンザ・グライダーで到着した。

*

挨拶がすむと、ワリンジャーとローダンはほかの者たちからはなれてふたりきりになった。ジェフリーが内密に話をしたがっていることにローダンが気づいたのだ。

ふたりは海辺を歩いて貝殻や小石をひろい、波に向かって投げつけながら、和平交渉の準備について語り合った。ローダンにとって目新しい話はなく、ジェフリーもどこかうわの空だった。

「いままでどこにいたんだ、ジェフリー？」かれが目前の大イヴェントで自分のはたした役割に言及していないことに気づいて、ローダンがたずねた。

「のんびりしていました」ワリンジャーが気楽な調子で答える。「三日前まで休暇でタフンにいたんです」

ローダンは思わずたじろいだ。

「ずっとタフンにいたのか？　だったら、ベオドゥとコヴァルとエイレーネがどうしていたか聞かせてもらいたい」

「もちろんです。エイレーネとはほぼずっといっしょでした」ワリンジャーが快活に答える。「なんの心配もなくまた人生を謳歌できるのは最高でした。エイレーネのようなチャーミングな仲間がいればなおさらです。気がついてますか、ペリー？　彼女がもうとっくに成熟して、自分の願望に自覚的な、強い個性を持った若い女性になっていることに？」

　ローダンは唾を飲んだ。いくつもの質問が脳裏に去来したが、すべて同じ問題に関するものだ。エイレーネはジェフリーに、かれを待ち受ける運命を示唆したのだろうか？　ジェフリーがエイレーネのいるタフンを訪れたのは、彼女の行動になんらかの疑念をいだいたからなのか？　休暇を口実に彼女のようすを探ろうとしたのか？

「その話を聞かせてくれ」ローダンが不安そうにいう。「娘の頑固さはわたしがいちばんよく知っている。たくさん話をしたのか？」

「正直、話せることはたいしてありません。ほとんど聞き役に徹していましたから。エイレーネはじつにおしゃべりです」

　なぜジェフリーはそのことを強調したのだ？　いや、強調したというのはわたしの思いこみにすぎないのか？　それともかれはエイレーネが秘密を漏らしたとほのめかしている？

「退屈はしなかったと期待したいな、ジェフリー」

「それはちっとも。あの子は話し上手ですよ」ワリンジャーは急に真顔になった。「ただ、一度だけ、おかしな態度を見せたことがありました。療養船《エリシアン》でコヴァル・インガードとアッタヴェンノクのベオドゥといっしょにグループ運動療法をしていたとき、もどったあとでエイレーネがいきなり、まるで溺れてでもいるかのようにしがみついてきて、発作的に泣きだしたんです。なかなかおちつかせることができませんでした」

「それはたしかにふつうじゃないな」と、ローダン。「なにか理由はいっていたか？」

ワリンジャーは横目でローダンを見た。

「あまり心配そうじゃありませんね？　この件は話さないほうがよかったでしょうか？　あの子のことで、なにか悩みがあるのでは？　ゲシールの遺伝子が発現するような症状でも？」

ローダンは片手を振った。

「エイレーネはふつうの人類の子供となにも変わらないよ。ときどきひどく頑固で、予想がつかなくなるだけだ」

「では、心配はありませんね」ワリンジャーはほっとしたようだった。「よけいなことをいいました」

「それで……どうやってエイレーネをおちつかせたんだ?」ローダンがたずねた。

ワリンジャーは明らかにもうべつのことを考えていて、どうでもいいというような手振りをした。

「あの子はわたしにデータ媒体をわたして、永久にさよならをいうまでなかを見るなと念を押しました。翌日になると、なかのメッセージは読まないでもらいたいといってきました。もちろんいわれたとおり、データは見ないで削除しました。あのおかしな行動はいったいなんだったんでしょう」

「わたしにもわからないな」ローダンはそういいながら、エイレーネと真剣に話し合う必要を感じた。

この会話のあと、かれは滞在期間の延長に同意したのを後悔した。和平交渉の前に起きたさらにふたつの出来ごとが、かれの後悔をいっそう深めさせることになった。

＊

最初の事件が起きたのはローダンがワリンジャーと海辺を散歩した四日後だった。

夜明けごろ、奇妙な夢を見ていたローダンは騒音で目をさました。目ざめたとき、細身の女性のシルエットが部屋から出ていくのが見えた。ヴァニだ。ほかには考えられない。だが、彼女と一夜をすごしたおぼえはなかった。頭がずきずきと痛み、なにかの薬物を過剰服用したかのようにふらふらする。細胞活性装置にもすぐには治せないほどの後遺症だ。

寝台から立ちあがると目眩《めまい》がし、よろめきながら一歩を踏み出す。それでも、まもなく症状はおさまった。部屋から出ると、コルセア岩礁の空は軍用機の大群で暗くなっていた。一ホヴァークラフトがローダンのバンガローの前庭に着陸し、開いたハッチからホーマー・G・アダムスが飛び出してきた。

「イホ・トロトが脱走しました！」と、憤然とローダンに食ってかかる。「《ハルタ》を乗っとってオリンプをはなれたんです。軍は大混乱でした。どうしてわたしの信頼を裏切ったんです、ペリー？　なにか計画していたなら、せめて教えてくれてもよかったはず」

「トロトの単独行動だ。わたしも驚いている」と、ローダン。「トロトの計画はわれわれも知らなかった」

「ガルブレイスにもそういってみることです。トロトがなにを考えているのか、見当はつきませんか？」

「たぶんわかると思います」背後から女性の声が聞こえた。ふわっとしたビーチコートだけを羽織ったヴァニが前庭に出てきていた。全員の視線が集まるなか、彼女は先をつづけた。「ハルト人はゆうべわたしに自分の種族の話をして、故郷世界に行きたいとほのめかしたんです。それを実行にうつしたんでしょう」

　つまりそれこそイホ・トロトが帰還の延期を主張した動機だったわけだ。最初から故郷世界に向かい、同族が銀河系の事態から完全に手を引いた理由を探る計画だったのだろう。

「ガルブレイスは気にいらないだろうな」と、アダムス。「《ハルタ》が撃墜されるという最悪の事態だけは避けないと」

「わたしは……」ローダンがいいかけたのを、アダムスは片手をあげて断固としてさえぎり、踵《きびす》を返してホヴァークラフトにもどっていった。

「イホ・トロトと話したことをどうして教えてくれなかったんだ、ヴァニ？」ローダンが憤然とたずねると、彼女は目を伏せた。「きみはかれがなにをする気なのか知っていたんじゃないのか？」

「疑ってはいました」ヴァニは視線をあげ、反抗的な表情でつけくわえた。「同族になにがあったのか、かれには知る権利があると思います。それに、かれがグライダーでスタートしてすぐ、わたしはあなたのところに行きました。でも、起こせなかったんです。ただすわって眺めながら、すこし白日夢を……」

　最後の言葉は妙に強調されたように聞こえ、ローダンは目ざめる前の奇妙な夢と、起きたあとの軽い目眩を思い出した。

そのため、音もなくこっそり部屋から出ていった女性の姿も脳裏によみがえった。ヴァニはかれに対する好意をかくそうともせず、ローダンも悪い気はしていなかった。ただ、そうした関係になるわけにはいかないこともわかっている。倫理的な理由だけでなく、その結果面倒なことになるのが目に見えていたから。

着陸した部隊の一部はそのまま撤退し、のこりは翌日、デイトンの護衛と交代した。以来ローダンとブルとグッキーは四六時中監視下にある。ヴァニはグライダーに乗せられ、二日ほどどこかに行っていた。

もどってきた彼女はイホ・トロトがハルタ星系の封鎖ゾーンに向かう途中で捕まったというニュースを携えていた。

彼女はその話をこんなふうに締めくくった。

「ガルはイホ・トロトをあなたのところに帰す前に、二、三日とっちめたいようです」

ローダンはとりあえず満足した。トロトがオリンプのコルセア岩礁にあるちいさな保護区にもどってくる前に頭を冷やすなら、悪いことではないだろう。

*

第二の事件はかれらの状況にとっての意味はちいさかったものの、ローダンを個人的に悩ませた。

　それが起きたのは四月二十二日、和平交渉の予定日の二週間前で、ストーカーが次のように告知した翌日だった。

「交渉の建物にきみたちを忍びこませる方法が見つかったようだ。とりわけ大きなリスクを負うのはジェフリーとガーシュインで、わたしが失うものはたいしたことがない。ただ、条件がひとつあって、イホ・トロトは交渉の場に入れない。ハルト人がこっそり保安バリアを通過するのは不可能だから」

　この時点では、トロトはまだデイトンに捕まったままだった。

「問題は起こさない」ローダンは約束した。「これが終わればきみは解放される。われわれ、自分たちの居場所にもどるから」

「ほんとうに危険を冒して、またペルセウス・ブラックホールを通るつもりか？」と、ストーカー。

「そうしないと銀河系船団にもどれないからな」ローダンの口調ははっきりと、この話はこれで終わりだと告げていた。

「なにをすべきかはわかっているのだろう」ストーカーがいった。「だが、きみたちが銀河系で忘れられることはなく、ここには多くの友がいることはおぼえておいてもらいたい」

「その点はだれも疑っていない」ローダンがおだやかで友好的な口調でいった。これが今生《こんじょう》の別れだとわかっていたから。

　ストーカーはもう一度かれらに計画を説明した。

　ローダンとブルは偽造したＩＤを使い、交渉の場となる建物に偽名で潜入する。ストーカーはエスパー遮断シールドを一瞬だけ切り、その隙にグッキーが建物内にテレポーテーションする。その間にエイレーネとコヴァル・インガードとベオドゥが、オリンプの周回軌道上にとどまっている《ハルタ》に乗りこむ手筈だ。すべてが順調に進めば交渉終了後すぐにペルセウス・ブラックホールに向かえるし、予定どおりに行けば、到着したとき監視要塞に警報が発せられることもないはず。ストーカーたちがどうやってその計画を実行するのか、ローダンたちは伝えられていなかった。スプリンガーの族長のマスクをつけたもとソトは片手を振ってその質問を退けた。

　そのあとストーカーは急いで立ち去った。

　次の夜、ローダンはそっと触れる手を感じて目ざめた。目を開けるとすぐそばに卵形の顔が見え、唇にはキスの感触がのこっていた。

「さよならをいわずにお別れしたくなかったの」ヴァニがささやいた。

　ローダンは瞬時にはっきりと目をさました。明かりのセンサーに手をのばそうとすると、ヴァニはそれを押しとどめた。

「お願い、やめて。暗いほうがわたしのお別れのムードに合ってるから」どこか奇妙な声だった。「告白することがあるの。わたしはガルブレイスにいわれて、あなたと親密になり、信頼を得て情報をすべて引き出すことになってた。細胞活性装置保持者にも効果がある薬もわたされたわ。伝えたいのは、薬は使ったけど、その状況を利用してガルのために情報を引き出したりはしなかったってこと。それだけいっておきたかったの。どうか許して」

「その状況をほかになんのために利用したんだ？」ローダンは冗談めかしてそういったが、くぐもったすすり泣きを耳にして、打つ手をまちがえたことに気づいた。

ヴァニが起きあがるのを感じ、その手をつかもうとしたが、彼女はもう手のとどかないところにいて、部屋から出ていこうとしていた。

「どうして姿を消すんだ？」と、彼女に声をかける。

「だれかがペルセウス要塞で、《ハルタ》があらわれても警報が出ないようにする必要があるでしょ」ヴァニはそういうと、そのまま行ってしまった。

*

四月二十九日の交渉前夜は眠ることなど考えられなかった。ローダンとブルとグッキーはオリンプの晴れわたった星空の下でテラスにすわり、熱心にニュースを追った。銀河系の報道機関すべてがこの大ニュースを伝えていたが、ほんとうに耳新しい情報はなにもなかった。

記者はだれもゲルニカ島から五百キロメートル以内に立ち入ることが許されず、銀河系の政治家の随行員の同行者にインタヴューして満足するしかなかった。ギャラクティカムが報道機関に約束したのは、交渉終了後に映像と音声の資料を提供することだけだった。

夜明けごろ、コルセア岩礁に連絡員を乗せたホヴァークラフトが到着した。ただ、協力者からの情報はなく、ガルブレイス・デイトンからの短いメッセージがとどいただけだった。

この件が終わったらテラへの入域パスを発行する。

「残念ながらもう遅いな、ガルブレイス」ローダンはため息とともにつぶやいた。

午前中はなにも起きなかった。ときおり島の上空を、監視グライダーが通過する程度だった。

やがて銀河戦争評議会の評議員たちの到着が報じられた。ブルー族、アコン人、アルコン人、スプリンガー、アラス、さらにはマークスの代表者までいる。テラの代表がガルブレイス・デイトンとともに到着するとレポーターの声はいっそう高まったが、代表者の名前は軽く触れられただけ……交渉を主導するのはあくまでもテラとギャラクティカムの防衛大臣であるデイトンだった。

「ガルブレイスが過去に肩書きにこだわったことなんてありましたかね」ブルがいった。「あまりいい変化はなさそうですな」

オリンプ全体が……銀河系全体が……カンタロ艦の到着を待っていた。予定時刻は現地時間の正午だ。

「なにか問題があるようですな」十一時三十四分にブルがいった。「それとも、友がわれわれに恥をかかせようとしているのか」

数分後、すべてのチャンネルがいっせいに、カンタロ艦一隻がボシックの星系内に入り、オリンプに向かっていることを伝えた。全長百メートルの比較的小型の艦だ。

十一時四十七分、カンタロ艦はオリンプの大気圏に突入し、誘導ビームがゲルニカ島にいたるコースをしめした。レポーターたちは到着したカンタロ艦の映像の放映が許されなかったことで、怒りと残念さのあいだで揺れ動いていた。

十二時三分、カンタロ艦はゲルニカに着陸し、遠距離から観察していた報道陣は搭載艇がスタートしたことを報じた。

「グライダーが近づいてきてるよ」直後にグッキーが報告した。「乗員三名の思考を読んだんだけど、キャプテン・アハブの指示でぼくたちをひろおうとしてるみだいだ」

ローダンはそれを聞いてほっとしたものの、ネズミ＝ビーバーを叱責した。

「今後テレパシーの使用は禁止だ。われわれ、ひどい目に遭うことになる」

6　和平交渉

ブラック・スターロード

　この概念はわれわれの時代には存在しない。イホ・トロトがいいだしたことで、かれの仲間も当然のように使っていたが、ハルト人がどこで知ったのかはわかっていない。なんにせよ、この概念はわれわれの言語にすんなりとり入れられた。四九〇年現在、この言葉はカンタロが移動するブラックホール間の通路の意味で使われている。かれらが銀河系のすべてのブラックホールを同じように利用できるのかどうかは不明だが……念のためそう考えておくべきだろう。はっきりわかっているのは、ペルセウス・ブラックホール、銀河系外にあるポイント・シラグサ、それに大マゼラン星雲のパウラ・ブラックホールが、ブラック・スターロードの交差点になっていることだけだ。ジェフリー・アベル・ワリンジャーひきいる科学者チームもこのアインシュタイン＝ローゼン橋のメカニズムを解明するにはいたっていない。ペリー・ローダンと仲間たちはこのブラック・スターロードを自分たちの目的に利用することに成功している。作動原理はわからないと主張しているが、その真偽もまた不明だ。いずれにせよ、かれらが友である銀河系の諸勢力に協力的でないのはまちがいない。そのことからわたしは、かれらが秘密を共有するにふさわしくないと判断した。

四九〇年、ヴァニの〝夢〟より

グライダーの乗員がペリー・ローダンとレジナルド・ブルに、自分たちが着用しているのと同じコンビネーションを手わたした。グッキーに対しては、まるでかれが空気であるかのように目もくれない。

グライダーは急上昇したあとほとんど垂直に降下していった。停止したのは島のひとつで、中央には角張った掩蔽《えんぺい》壕のような建造物があった。グライダー十数基の砲塔がならぶ屋上に着陸。正面にキャプテン・アハブの堂々たる体軀が見えた。

「乗ったままで」一乗員が無表情なままグッキーにいった。「消えるのは合図があってからです」

ローダンとブルは機外に出た。ストーカーはふたりにちらりと視線を向けただけで、すぐに人の背丈よりも高い柱の前に急いだ。ローダンとブルもあわてて追いかける。

「なにもいうな」ストーカーが忠告した。「きみたちは特殊技術要員ということになっている。わたしの真似だけすればいい」

ストーカーは柱の前までくると左手の指先でセンサー・プレートに触れ、IDカードをスロットに押しこんだ。ローダンとブルも同じようにする。ブルのIDカードがスロットからもどってくると、グリーンに輝く防御バリアがかれらの周囲に展開した。

「グライダーに忘れものをしていないといいが」と、ストーカー。

「いつでもいいぞ」ブルが応じた。

足元の床がスライドすると同時に、そこに生じた円形シャフト内で反重力フィールドが作動し、かれらは下降していった。

ローダンの感覚で三十メートルほど下ったところでシャフトは終わり、壁面のドアが開いた。またしても防御スクリーンが展開し、かれらはドアをくぐって通廊に入った。

「もうすぐだ」と、ストーカー。「すぐそこに転送フィールドがあって、作業エリアに運んでくれる」

通廊の突き当たりまでくると、それ以上は進めないように見えた。だが、一見堅固そうな壁はプロジェクションで、ストーカーはそのまま歩きつづけた。ローダンとブルもあとにつづく。いきなり周囲が真っ暗になった。

「着いたぞ」闇のなかからストーカーの声がした。赤みがかった弱い照明が点灯する。それでようやく、そこが全面技術装置類にかこまれたちいさな空間だとわかる。

装置のせまい隙間から人影があらわれた。ぼろぼろの作業着を着用し、顔は分厚い汚れの下にかくされていて、ヒューマノイドのどの種族なのか、ひと目ではわからないくらいだ。

「これはゲルニカの首席保安係、オルロフ・プロスキンだ」ストーカーが男を紹介した。

「きみたちにはヴァリオ＝500といったほうがわかりやすいだろう」

「アンソン・アーガイリスのマスクのほうが気分がいいのですが、銀河系の平和のためですから」オルロフ・プロスキンはそういってローダンとブルと握手した。

「ヴァリオが交渉の場まで案内する」ストーカーが淡々と説明した。「かれはここの高度な保安システムを熟知していて、それを出し抜ける唯一の存在だ。わたしは交渉に向かう。ここでお別れだ」かれはためらったあと、衝動的にローダンとブルの手を握った。

「きみたちの撤退の準備はできている。ほかの者たちは全員《ハルタ》に乗船ずみだ。交渉が終わったらヴァリオがきみたちを《ハルタ》に案内する。わたしは同行できないだろう。だからいまのうちに幸運を祈っておく。またすぐに会えると期待している」かれはローダンとブルが肯定するのを待ったが、ふたりがなにもいわないので、こういって締めくくった。「銀河系にきみたちの友がいることを忘れるな」

「わかっている」ローダンが低い声でいった。

ストーカーは実際には転送フィールドである壁に向かって歩きだし、姿を消した。

「案内をはじめる前に」ヴァリオが装置の上に身を乗り出していった。「エスパー遮断シールドを切る最適な瞬間を探る必要があります。グッキーに信号を……いまだ！」

最後の言葉がまだ終わらないうちに、グッキーがかれらのまんなかに実体化した。

「ずいぶんかかったね」ネズミ＝ビーバーは文句をいい、あたりを見まわして不満そうに先をつづけた。「もっといい宿に泊まって、もっと小ぎれいな仲間といっしょにいたかったな。その繭《まゆ》マスク、前のとはずいぶん違うじゃないか、ヴァリオ。それとも、そんなものでぼくをだませると思ったのかい？」

ヴァリオはいいかえそうとして、グッキーの異変に気づいた。いきなりからだをふたつに折って痙攣しはじめたのだ。

「どうしたんです？」ヴァリオがとまどってたずねる。

「前と同じだ……」グッキーがあえぐようにいう。「マルディグラでも感じた狂気のインパルスが……あのときほど強くはないけど」

＊

「ありえません」ヴァリオが主張した。「保安システムは完璧です。カンタロ自身が確認し、受け入れたんですから」

グッキーは立ちなおった。まだ疲れきったようすだが、いまのところ狂気インパルスはとまっているらしい。

「忘れているようだが、そのカンタロがこのインパルスの出どころなのだ、ヴァリオ」

ローダンが指摘した。「かれらがきみの保安システムを受け入れたのは、警報に引っかからずにすり抜けられるからだ。グッキーの発見をひろく知らせなくては。マルディグラと同じく、破滅が宣告されたのだ」

「ばかな！」と、ヴァリオ。「カンタロは交渉の場が電光で攻撃されないようにするはずです。墓穴を掘ることになりますから」

ヴァリオがすこし装置を調整すると、すぐにドーム型会議場の半円形ホールがホログラムで表示された。階段状の座席は五千名ほどのギャラクティカーで満席だ。ギャラクティカムのトップ・リーダー全員が顔をそろえている。

ホール前面には台座に乗ったベル形構造物が六つ見えた。ヴァリオによるとある種のエネルギー・バリアで、はっきりした性質はわからないらしいが、かれが実行しようとした分析から装着者を守るための、一種のデフレクターだろうという。バリアは透明に見えるのに、なかをのぞくことはできない。装着者のまわりで偏光効果が生じているようだ。

このエネルギー・ベルは高さ約四メートル、底面の直径が二メートルで、円錐形をしている。

「カンタロはどうして姿を見せようとしないんだ？」ブルがいった。「連中、なにをかくしている？」

「外見よりも精神状態をかくそうとしてるみたいだね」と、グッキー。「このひどいインパルスはカンタロからきてる……一名なのか全員なのかはともかく。用心をおこたらないほうがいいぜ、ヴァリオ。これはまちがいない」

「この交渉をぶち壊したら、デイトンに手近な恒星に投げこまれるでしょう」薄汚れた技術者のマスクを着けたヴァリオがいった。「あなたが問題のインパルスを感知したのを疑う気はありません、グッキー。ただ、それはかならずしもカンタロの自殺的な凶暴性の発露とはかぎらないはず」

ヴァリオは会議場ホールのプロジェクションに注意をもどした。ふたつの人影がデフレクター・バリアに守られたカンタロのいるプラットフォームに隣接するわきの通廊から出てくるところだ。最初はストーカーだった。けばけばしいキャプテン・アハブの衣装と独特な横歩きですぐにわかる。だが、ローダンは次に出てきた者がだれなのか、すぐにはわからなかった。ガルブレイス・デイトンはパレード衣装のように飾りたてた派手な衣装を身につけていたのだ。

「画期的なイヴェントにふさわしい、ばかげたよそおいですな」ブルが感想を述べた。

テラとギャラクティカムの防衛大臣は演壇に立ち、ばかていねいな演説をはじめた。

だが、長くつづけることはできなかった。バリアにかくれたカンタロのほうからいきなり不可解な騒音が聞こえてきたのだ。ただ、その音はすぐに断ち切られたように鳴りやみ、ホール内はしずまり返った。

「いまのはなんだ？」ローダンは心配そうにグッキーのほうを見た。ネズミ＝ビーバーは緊張したようすを見せるばかりだ。

「自分自身のシステムから弾き出されました」ヴァリオが懸命に装置を操作しながら憤然といった。「もう一度出し抜けるかやってみないと。さっき聞こえたのはカンタロ語です。わたしはあの言語をトランスレーターと同程度にはマスターしています」

「じゃあ、カンタロがなんといったのか教えてくれ」と、ブル。

「デイトンに口を閉じろといったんです。カンタロの表現では勧告ですが、実際には命令です。すこし待ってください。すぐに同時通訳できるようにしますから」

突然、喉音の多い威圧的なカンタロの言葉がまた聞こえてきた。それに重ねて合成音声がインターコスモで同時通訳する。

「……この絶望的な状況から脱する方法はひとつしかない。熟考の末、われわれは結論した。交渉の余地はなく、計画の変更も不可能だ。これが唯一の解決策である。ほかの方法で平和と秩序を確立することはできず、代替策はない。ギャラクティカーはこの決定にしたがわなくてはならない。その証拠としてわれわれは……」

つづく言葉はグッキーの血も凍るような悲鳴に掻き消された。ローダンとブルが振り返り、痙攣しているネズミ＝ビーバーに駆けよろうとする。だが、手を触れる前にふたりともテレキネシスで跳ね飛ばされてしまった。

次の瞬間、グッキーが非実体化する。

「完全に自分を見失っているようです！」ヴァリオが恐怖の声をあげ、ホログラムのプロジェクションを指さした。「なにをしているか、見てください」

ふたりが目を向けると、グッキーが会議場のドーム屋根の下に浮かんでいた。いきなり降下をはじめ、まっすぐカンタロのエネルギー・バリアに突っこんでいく。降下をやめてふたたび上昇し、ゴム紐にでもつながっているかのように上下をくり返す。

映像が妨害され、文字どおり無数の破片に砕け散った。破片が最後にもう一度だけひとつの映像になったあと、プロジェクションは消滅した。

同時にグッキーがかれらのあいだに実体化した。目はうつろで、口は無言の悲鳴をあげるかのように開いている……その状態で麻痺ビームに撃たれたのだ。

「すみません」ヴァリオがパラライザーをしまいながらいった。「ですが、あのまま狂乱させておいたら、ちびがなにをしでかすかわかりませんでした」

「たぶんこうするのがいちばんだったろう」ローダンがいった。「グッキーはいずれ回復するが……これからどうなる？」

「わたしが脱出させます。どんな犠牲をはらってでも」ヴァリオが決然といった。

「そういう意味ではない」と、ローダン。「和平交渉が決裂したのはグッキーのせいだと思うか？」

　ヴァリオは首を横に振った。

「聞いたかぎりでは、カンタロはギャラクティカーが受け入れられない条件を出してきたようです。結果がどうなったにせよ、ネズミ＝ビーバーに責任はありません」

　たぶんギャラクティカーは銀河系を防御壁でかこむよう強制されているのだろう、とローダンは思った。

「ここから脱出しなくてはなりません」と、ヴァリオ。「だれがグッキーを運びます？」

　ブルがネズミ＝ビーバーのぐったりしたからだを肩にかついだ。

「脱出ルートはひとつしかありません。最後の手段としてのこしておいたものです」ヴァリオが装置のあいだの隘路《あいろ》を通り抜けながら説明する。「保安ゾーンの外の連絡艇につながる転送機です。それで《ハルタ》に乗りこめます。わたしがバックアップします」

　ローダンにはヴァリオの最後の言葉の意味がわからなかったが、それは目的地に到着し、ヴァリオがかれらを文字どおり転送フィールドに押しやったときはっきりした。ブルのすぐあとにつづいたローダンの背後で、間一髪でエネルギー地獄が現出したのだ。まばたきして目を閉じる寸前、ヴァリオ＝500の繭マスクが炎にのまれるのが見えた。ヴァリオは自身の保安システムの犠牲になったのだ。ローダンはこれがかれのほんとうの最期ではないことを願った。

そう思った次の瞬間、かれは連絡艇のなかにいた。連絡艇はすぐにスタートして《ハルタ》に向かった。

ストーカーの約束どおり、すでに全員がそろっていた。

イホ・トロトがローダンたちを見ていう。

「未来にもどるのか？」

「そうだ。ペルセウス・ブラックホールに向かう」

「聞こえたな、タラヴァトス」ハルト人が船載コンピュータにいった。「この不幸な時代から脱出しよう」

超光速航行にうつる前にストーカーから連絡があった。平文で、以下のような内容だった。

どこに行くにせよ、いい旅と幸運を。グッキーには特別の感謝を。かれが介入したおかげで、銀河系のトップ・リーダーたちは守られた。一体のカンタロが自爆をもくろんでいたのだ。爆弾は解除した……グッキーのおかげだ。

キャプテン・アハブ

＊

ペルセウス・ブラックホールはオリンプから一万二千七百光年ほどの距離にある。イホ・トロトは一回のジャンプでこの距離をこなしたかったが、タラヴァトスは安全上の理由から、途中で二度通常空間に復帰し、方角の確認とコース計算を実行するよう主張した。

「コンピュータが考える安全とはまったく違う安全性というものがある」ハルト人は反論した。「途中で通常空間に出たとき、ギャラクティカーの警備部隊に探知されたらどうなると思う?」

「それは信じられないほどの偶然です」と、船載コンピュータ。

結局タラヴァトスの主張どおり、途中の通常空間ではなにも起きなかった。ハイパー空間内ではあるものの、ソルまでの距離が千光年を切ることはなかった。

ローダンは悲しい気分で、この二カ月のあいだに地球を訪れる機会が一度もなかったことを思い返した。カンタロの姿を実際に見ることもできていない。かれらは過去への旅の前と変わらず謎のままだ。

「十分後に目的座標に到達します」船載コンピュータが報告した。

「そろそろこれからのことを考えるべきでしょう」と、ブルがいった。ペルセウス・ブラックホールにたどり着けるかどうかわからないので、ずっと棚あげにしてきた話題だ。いまもなお、監視要塞という不確定要素がのこっている。ペルセウス宙域に到着したときそれに妨害されないという保証はなかった。約束があるだけなのだ。「どうやってもとの時代にもどるんです？」

「スタート時点にもどれる保証はありません」と、タラヴァトス。「ブラックホール・ステーションのスイッチ設定しだいです。わたしにできるのは全員を事象の地平線の向こうまで運んで、カンタロ・ステーションの時間転送機を遠隔操作で作動させることだけです」

「時間ステーションを作動させられるのはたしかなのか？」ローダンが疑わしげにたずねる。「どうやるつもりなんだ？」

「ペルセウス・ブラックホールに着いたとき興味深いプロセスを記録しました」船載コンピュータが答えた。「到着したとき自動的にブラックホールから転送されたことから見て、ステーションは無人だと推測できます。そうでなければ《ハルタ》は異物と認識され、とめられていたでしょう。この推測は論理的ですか？」

「たしかに論理的だ」と、ローダン。

「他方、そのさいにある種の放射インパルスを観測しています。それはパウラ・ブラックホールの〝過去の柱〟がわれわれを送り出したときのインパルスと同じものでした。つまりそれはいわばトグル・スイッチになっている、つまり送り出しと受け入れの両方に使われるものだということになります。ブラックホール内に入ってこのインパルスを発信すると、時間転送機が転送ステーションになるということ」

「ありそうな話に聞こえるな」と、ブル。「つまり、スタート時点にもどれる確率は悪くないってことだ。タラヴァトス、そうだろう？」

「その期待値は高くありません」船載コンピュータがブルの推測を退けた。「第一、パウラ・ブラックホールの送り出しステーションはわれわれの転送時に爆発しました。われわれの暦で二カ月前のことです。第二、この期間中にペルセウス・ブラックホールの送り出し部が使用され、われわれが設定したのとはべつの時間ファクターが設定された可能性があります。その場合、《ハルタ》はべつの時間に転送されることに……」

「もういい」ブルががっかりしたようにいい、悄然《しょうぜん》と周囲を見わたした。「タラヴァトスの言葉を信じるなら、未来か過去のいつ、どこに出るかわからないということになる。すばらしい展望だな！」

「最悪の場合を想定すべきだろう」ローダンが暗い声でいう。

イホ・トロトが急に大笑いして司令室内にちいさな嵐を巻き起こした。

「タラヴァトスが無類の悲観論者だと、まだわからないのか?」と、笑い終えてからいう。「その推測にはひとつだけ……たぶんわざと……無視している点がある。パウラとペルセウスのふたつのステーションが対応する受け入れ部のない、一回かぎりの使用を前提とした実験的施設だという点だ。つまり、転送先はパウラ・ステーションしかない」

「もっと悪い。パウラ・ステーションは二カ月前に吹っ飛んでる」と、ブル。

「べつの見方をするなら、パウラ・ステーションが爆発するのは六百五十三年後だ」と、イホ・トロト。

「目的座標到達まで六分です」船載コンピュータの声が推論に終止符を打った。

＊

グッキーの麻痺はとっくに解けていたが、完全回復とまではいかない。それでもかれはこの機会に司令室で全員といっしょにいた。

ローダンはエイレーネに近づいた。彼女は片隅に身をひそめ、透明人間のふりをしていた。

「コヴァルはどうしている?」ローダンがたずねた。

「だいじょうぶよ。自分の時代にもどれると知って、気分もよくなるはず」

「ほかにわたしに話すことはないか？」

「どういう意味？」

ローダンは嘆息し、単刀直入にたずねた。

「ジェフリーにわたしたデータ媒体にはどんな情報が入っていたんだ？」

娘は唇を噛み、かぶりを振った。

「情報はなにも。子供のころ、ジェフリーがわたしのために書いた詩の一節だけよ。嘘じゃない。たのんで消してもらったけど」

「なるほど」と、ローダン。「だが、消す前に再生したかどうかについてはなにもいっていなかった」

「ただの詩の一節よ」エイレーネはくり返し、父親に背を向けた。

ローダンもそれ以上詮索しようとはしなかったが、その詩にジェフリーの運命に関するヒントがふくまれていたのではないかという疑いを振りはらうことができなかった。そうだとしたら……なぜジェフリーはそのあと運命に逆らおうとしなかったのか？

真相を知ることはできないだろう。ローダンはそのまま放置することにした。

「わたしはまだ夢想者を演じつづけなくてはならないのか、ワキアン？」ベオドゥが声をかけてきた。

「いや、もう夢想者のふりは必要ない」ローダンがアッタヴェンノクにいった。「よくがんばってくれた。とても役にたった」

「三分前です」と、船載コンピュータ。

ブルが近づいてきて、こっそりローダンにささやいた。

「われわれの運命がはっきりしないので、話しておくことがあります。ヴァニがあなたを愛していると告白してきました。ただ、自分では相手にならないこともわかっていて、なんというか、わたしの肩で泣いたんです。おかしな状況でした。彼女をなぐさめているうちに、おたがいに想い合っていることがわかって……つまり、なにがいいたいかというと……」

「気を遣う必要はない」と、ローダン。「それでいいんだ。ヴァニもほかに望むことはないだろう」

ブルは見るからにほっとしたようだった。

ローダンはあの魅力的な女が一時的な関係をもとめたのではなく、なにかもっとべつの思惑を持っていたのではないかと思った。

司令コンソールに近づくと、イホ・トロトの巨体が成型シートを占領していた。

「到着は瞬時だ」と、ハルト人。「ひとつ後悔があるとするなら、わたしの種族の真実を探る機会がなかったことだ」

「ハルト人が引きこもっている理由を疑っているのか、トロトス?」ローダンがたずねた。

「あの女性、ヴァニティ・フェアが、なにかかくされた理由があるとほのめかしていた。だから単独で行動しようとしたのだ。確信はますます大きく揺らいでいる」

またしてもヴァニか！

ローダンはそのときようやく、友たちとの短いやりとりが一種の告白だったことに気づいた。運命に追いつかれる前に、早くすませたいとだれもが思っていたのだ。

「目的座標に到着、通常航行に移行します！」タラヴァトスの合成音声が響いた。

＊

かれらは光速の八十パーセントで通常空間にもどった。ペルセウス・ブラックホールからほんの数百万キロメートルの位置だ。《ハルタ》はそのまま大きく減速することなくブラックホールに向かった。

《ハルタ》の司令室は緊張した静寂に支配されていた。事態の展開が早すぎて、だれもなにもいえないのだ。

やがて船は事象の地平線に到達し、重力の大渦に巻きこまれた。一瞬、カンタロのステーションが見えた。

ローダンがコンソールのスクリーンに目を向けると、船載コンピュータが時間転送機の作動トグル・インパルスを送信したことがわかった。ふたたびホログラムを見るとステーションはすでに消え、《ハルタ》は〝過去の柱〟のあいだに位置していた。

ローダンは上腕に圧力を感じた。ブルがすぐ横にきてプロジェクションを指さす。その意味はすぐにわかった。なにかが出現し、接近してきている。それはまちがいなく《ハルタ》だった！

ローダンはすぐさま、前回〝過去の柱〟に入ったとき探知した幻影のことを思い出した。あのときは……二カ月前には……その正体がわからなかった。もしわかっていれば、それが自分たち自身であり、もどってこられるかどうかはっきりしないという不安を感じることもなかっただろう。

それでよかったのかもしれないが……

〝もう一隻〟の、二カ月〝若い〟《ハルタ》はかれらの後方で過去に向かい、爆発するパウラ・ステーションに突入していった。カンタロ・ステーションに最初の亀裂が入り、そこから白熱した炎が噴出する。ふたつの主構造体をつなぐ細い中央網が崩壊し……直後にステーションがふたつに分解した。

不安な数秒が過ぎていく。すべてはかれらを通常空間に呼びもどす転送機がいまも機能しているかどうかにかかっていた。

タラヴァトスがトグル・インパルスを送信する。ホログラムが一瞬消え、次の瞬間には復活して、通常空間の星々を表示した。

「やったな」ブルがローダンとイホ・トロトの背中をばしばしとたたいた。ハルト人の背中には手がとどいていないが。

「日時は？」イホ・トロトがたずねた。

船載コンピュータが数秒かけて計算し、報告する。

「まちがいなく一一四三年です」

ようやく全員が安堵のため息をついた。

エピローグ

ペリー・ローダンとレジナルド・ブルは死んだとされている。

ガルブレイス・デイトンはローダンたちと関わりのあった全員にこの話をひろめている。

反論の余地のない証拠もあった。ペルセウス・ブラックホールに突入する《ハルタ》の映像と、小型船が強大な重力の大渦に巻きこまれ、ブラックホールに消えたことをしめすデータが。

そのすべてがローダンの死を証明していた。ブラックホールに捕らえられた物体は二度と出てくることがないから。

ただ、わたしはこの話を信じていない。ブラックホールに落下する《ハルタ》を《ペルセウスⅢ》から見ていたにもかかわらずだ。わたしはもっとよく知っていた。

たぶん話はまったく違っている。この確信から、わたしは自分で歴史書を書いた。

〝あらたな夢〟という本を。

そこにわたしの見方を記してある。

わたしが思うに、ペリー・ローダンと仲間たちは未来からやってきた。はるか未来から。

ペリー・ローダンとレジナルド・ブルはどこかの未来から、過去を変えるためにやってきた。過去に手をくわえ、未来を違ったものにするために。かれらがこの時代のなにを変えたのか、確実なことはわからない。ただ、かれらはこの時代で、さまざまな制約にもかかわらず、きわめて活動的だった。はっきりした手がかりをしめそうとしなかった理由はただひとつ、任務に集中していたからにほかならない。

かれらが成功裡《り》に任務をはたしたことはまちがいないだろう。

わたしの見立てでは、かれらはこの時代になんらかの種を蒔《ま》き、その種はいずれ芽を出し、実をつける。その実を収穫するのはわれわれの子供たちか、孫たちの世代だ。その後はもっといい時代がやってくる。平和と繁栄の時代、あらゆる知性体がきょうだいとなる時代、進歩と発展の時代が。他者を憎むこともうらやむこともなく、不信の壁は崩壊し、だれもが他者に心を開いてたがいに尊重し合う時代が。

きっとそうなるにちがいない。

だが、わたしはさらにその先を見ている。思考は時間に縛られないから、遠い未来のすばらしい時代をあすのことのように想像できる。

いまこの瞬間まで、わたしは自分自身のことを考えていなかった。だが、いま、鏡にうつった自分を見てみる。

そこには母となったわたしの姿が見えた。

胸に抱いた幼子に乳をあたえて世話をし、その子が成長していくようすも。それが新世代の子供であることはわかるが、その子がそのカリスマ性によって理想のために集めた者たちとどんなことを成し遂げるのかはわからない。ただ、かれらがさらに美しい新世界の土台を築くのはまちがいなかった。

それはわたしの名前がヴァニであるのと同じくらい確実だ。

それに、わたしはわかっている。だれにも否定はさせない。ペリー・ローダンとレジナルド・ブルがこの時代にやってきたのは、どちらかひとりが子供をのこすためだ。その子は父親の強さと人間性を引き継ぎ、自由と愛をもとめるすべての者の指導者となるのに必要な遺伝的特性を有している。

その子供がわたしのなかで育ちつつあり、いつか偉大なことを成し遂げるとわたしの勘が告げている。

その子はわたしの名前を受け継ぐけれど、父親に似るだろう。時がきたら真実を話すつもりだ。

かれらは戦争を起こし、壁を築けばいい。わたしのなかで育っている命がいつか、銀河系全体をかこむその壁を壊すだろう。

これがわたしの未来予想だ。

そのことも〝あらたな夢〟に記してある。

あとがきにかえて

嶋田洋一

毎度吹矢の話で恐縮だが……

苦節(足かけ)三年、ようやく日本スポーツウエルネス吹矢協会の五段に合格することができた。

四段に合格したのが二〇二一年十月で、その後何度も五段の試験を受けたもののどうしても合格点に届かず、もはや何度挑戦したのかさえよくわからなくなっていた。確か今回が五回めか六回めだったはず。

ようやく合格をつかみ取ったのが今年の一月二十一日。点数はぎりぎりだったけど、合格は合格である。

吹矢の級段位を認定している団体はいくつかあって、わたしは三団体で段位を取得している。

いちばん小さいのが全国吹矢クラブ連合会で、会員数は百名程度。数十名かもしれない。〝全国〟といいながら活動地域は埼玉県の白岡市と越谷市にほぼ限られ、昇段試験も顔見知りばかりの中でやるので、緊張感もあまりなく、気楽なものだ。ここでは六段まで取っている。

あとの二つはどちらも本当の全国組織で、それまであった〝日本スポーツ吹矢協会〟が分裂して二つになったもの。一つが前述の日本スポーツウエルネス吹矢協会、もう一つは日本スポーツ吹矢振興協会という。〝スポーツ吹矢〟は商標登録されていて、後者が商標権を保持しているため、前者は〝スポーツウエルネス吹矢〟という別名称を使っている。

分裂した事情についてはいちおう人づてに聞いているが、スポーツ（ウエルネス）吹矢の評判を落としそうなので、ここでは触れないことにしておく。

組織の名称の変遷に限っていえば、日本スポーツ吹矢協会が日本スポーツウエルネス吹矢協会に名称変更し、袂《たもと》を分かった側が銀座スポーツ吹矢倶楽部を別法人として設立、その後日本スポーツ吹矢振興協会に名称変更、という経過をたどっている。

そんな経緯もあって、会員数はスポーツウエルネス吹矢協会が最大、たぶん数万人を擁し、スポーツ吹矢振興協会がそれを猛追しているという状況になる。

わたしは銀座スポーツ吹矢倶楽部の設立時にすぐに会員になり、当時持っていた全国吹矢クラブ連合会の五段位をそのまま認めるというので、その後名称変更したスポーツ吹矢振興協会でも五段になっている。連合会で六段を取得したのはそのあとだ。

　今後はスポーツ吹矢・スポーツウエルネス吹矢のどちらも六段を狙うことになるわけだが、さてどうしたものかと悩んでいる。普段の練習で出ている点数がだいたい六段の合格点前後。昇段試験本番となると、これまでの経験から推測するに、確実に緊張して点数が落ちるので、合格点には届きそうにない。連合会で六段が取れたのは、やはり顔見知りばかりであまり緊張しなかったのと、例外的に点数がよかったからで、ちょっと実力とは言いがたいものだった。

　別に段位にこだわらなくても健康習慣の一つとしてやっていればいいようなものだが、そもそも運動嫌いなので、何か目標がないといずれ飽きてやめてしまうような気もする。ということで、まだ当分は練習を続けて実力を上げつつ、六段に挑戦するかどうか決めていくことになりそうだ。

　最高位はスポーツ吹矢が七段、スポーツウエルネス吹矢のほうは最近十段まで作ったのだが、まだ八段以上は一人もいなかったはず。

　大会などでは七十五歳以上をシニア枠とすることも多いので、段位を取得するかどうかはともかく、それまでは練習を重ねていきたい。九十代なかばでまだ練習に参加している方もいるので、そこまで続けられればすばらしいと思っている。

訳者略歴　1956年生，1979年静岡大学人文学部卒，英米文学翻訳家　訳書『炎の嵐』フェルトホフ＆グリーゼ，『スカラベの道』フランシス＆フェルトホフ（以上早川書房刊），『巨星』ワッツ他多数

HM=Hayakawa Mystery
SF=Science Fiction
JA=Japanese Author
NV=Novel
NF=Nonfiction
FT=Fantasy

宇宙英雄ローダン・シリーズ〈711〉

時《とき》の目撃者《もくげきしゃ》

〈SF2440〉

二〇二四年四月　二十　日　印刷
二〇二四年四月二十五日　発行

（定価はカバーに表示してあります）

著　者　エルンスト・ヴルチェク
訳　者　嶋《しま》田《だ》洋《よう》一《いち》
発行者　早　川　　浩
発行所　株式会社　早　川　書　房

郵便番号　一〇一 - 〇〇四六
東京都千代田区神田多町二ノ二
電話　〇三 - 三二五二 - 三一一一
振替　〇〇一六〇 - 三 - 四七七九九
https://www.hayakawa-online.co.jp

乱丁・落丁本は小社制作部宛お送り下さい。
送料小社負担にてお取りかえいたします。

印刷・信毎書籍印刷株式会社　製本・株式会社明光社
Printed and bound in Japan
ISBN978-4-15-012440-3 C0197